Mariée à un intrigant

KALI ANTHONY

Mariée à un intrigant

Traduction française de
LOUISE LAMBERSON

AZUR

HARLEQUIN

Collection : Azur

Titre original :
THE MARRIAGE THAT MADE HER QUEEN

HARPERCOLLINS FRANCE
83-85, boulevard Vincent-Auriol, 75646 PARIS CEDEX 13
Service Clients — www.harlequin.fr
ISBN 978-2-2805-0641-0 — ISSN 0993-4448

Édité par HarperCollins France.
Composition et mise en pages Nord Compo.
Imprimé en juin 2024 par CPI Black Print (Barcelone)
en utilisant 100% d'électricité renouvelable.
Dépôt légal : juillet 2024.

FSC www.fsc.org
MIXTE
Papier issu de sources responsables
FSC® C159065

Pour limiter l'empreinte environnementale de ses livres, HarperCollins France s'engage à n'utiliser que du papier fabriqué à partir de bois provenant de forêts gérées durablement et de manière responsable.

1

— Je vous présente mes sincères condoléances, Majesté.

Elle serra les mâchoires. Posa les mains sur le bureau en acajou et écarta les doigts, au milieu des journaux dont les manchettes disaient peu ou prou la même chose : « Prête à régner ? » Comme si elle avait le choix. Les gros titres la narguaient tandis qu'elle était assise là, dans le fauteuil de son père, dans le bureau symbolisant le pouvoir de sa famille. Elle les entendait chuchoter, parler d'*imposture*.

Lise inspira profondément, lentement, pour essayer de chasser la peur qui l'étouffait depuis l'horrible moment où, treize jours plus tôt, Albert, le secrétaire particulier du roi, lui avait annoncé la terrible nouvelle.

Elle répéta en son for intérieur le mantra qu'elle scandait chaque jour afin de se rappeler qui elle était devenue à cet instant fatidique. *Annalise Marie Betencourt. Sa Majesté sérénissime et pure, protectrice du royaume.*

Et bientôt sacrée reine.

La plus jeune monarque de Lauritania depuis trois siècles.

L'usurpatrice.

Elle tourna les yeux vers l'homme assis en face d'elle de l'autre côté du bureau. Il ne semblait pas très affecté par le triple deuil qui avait frappé le pays. Une lueur presque vorace brillait au fond de ses yeux noirs.

Un frisson lui parcourut le dos, elle resserra les pans de sa veste sur son buste pour se protéger du désir dont les vestiges la tourmentaient encore. Autrefois, cet homme lui avait donné le sentiment d'être le centre de son univers. Lise s'était délectée de l'intérêt qu'il lui portait. Il avait entretenu ses illusions, l'avait encouragée à croire qu'elle était libre de ses choix.

Ses douces paroles lui avaient fait l'effet d'une drogue ; elle avait été convaincue de compter aux yeux de cet homme superbe. Rafe De Villiers. Homme d'affaires. Milliardaire. D'une beauté dévastatrice. Avec une barbe de deux jours lui donnant un petit air décadent. Voyou.

Autrement dit, pas un homme pour elle.

Et pourtant, avec quelle impatience elle avait attendu ces moments passés avec lui, s'accrochant à des fantasmes absurdes, persuadée que cet homme brillant et charismatique la *désirait*. Cette soif avait annihilé tout son bon sens, alors qu'en d'autres circonstances elle aurait compris que ces rencontres prétendument clandestines ne pouvaient être attribuées au hasard. Qu'elles avaient *forcément* été orchestrées par son père.

— Merci, monsieur De Villiers.

Ils s'appelaient par leurs prénoms, autrefois. Elle avait pensé l'aimer... Non. Tout cela n'avait été qu'illusions, et elle ne lui devait *aucun* remerciement. À le voir maintenant assis en face d'elle dans un élégant costume trois-pièces en lin gris froissé, apparemment insoucieux de son apparence, elle se trouvait de nouveau confrontée à la déchirante réalité. Celle qu'elle avait été obligée d'admettre durant cette ultime dispute avec sa famille... Elle ne représentait pour Rafe qu'un moyen d'accéder au pouvoir, un pion faisant partie d'une sinistre mise en scène ourdie par son père et lui.

Lise gardait un goût acide de l'humiliation subie ce jour-là. Une blessure de plus à ajouter à celles qui lui avaient été infligées au cours de ces dernières semaines. Étonnant qu'elle ait survécu aux coups cruels qui lui avaient été assénés.

Elle tenait toujours debout. Avec du mal.

Rafe remonta la manche de sa veste pour consulter sa montre, puis darda de nouveau son regard sur elle. Lise haussa les sourcils, d'un air qui se voulait impérieux.

— Je vous retarde, peut-être ?

La belle bouche tressaillit au coin. Autrefois, elle avait été fascinée par cette bouche. Comme elle avait désiré sentir ces lèvres sensuelles sur les siennes. À vingt-deux ans, elle n'avait jamais été embrassée. Et maintenant, elle avait perdu toute chance de l'être. Lise battit des cils pour se ressaisir. Chasser ses rêves immatures et naïfs. Elle ne devait jamais oublier qu'elle avait affaire à un manipulateur. D'une beauté somptueuse, certes, mais néanmoins un dangereux intrigant.

— J'ai tout mon temps, madame, dit-il de cette voix grave et douce qui l'avait envoûtée. Je me demandais seulement…

Des coups frappés à la porte l'interrompirent.

— Ah, reprit-il en passant la main dans ses magnifiques cheveux noirs bouclés, et un peu trop longs. C'est l'heure de la pause-café matinale.

Elle avait oublié qu'il connaissait à la perfection les rituels et l'emploi du temps du roi, alors qu'elle-même en était encore au stade de l'initiation. Lise regarda la pendulette posée sur le bureau. Le bureau qui aurait dû être celui de son frère, le moment venu.

Lorsqu'il se trouvait au palais, le roi faisait une pause à 10 h 30 précises et buvait une tasse de café. Personne ne lui avait demandé si *elle* souhaitait perpétuer ce rituel. Ils le *supposaient*, accoutumés à ce que quasiment rien ne change, et ce depuis le XIIIe siècle.

Une employée en robe noire et gantée de blanc s'avança en poussant un chariot chargé de viennoiseries, d'une cafetière en argent portant les armoiries royales, et des tasses en porcelaine à la cendre d'os. Elle versa du café dans l'une des tasses sans demander à Rafe comment il le préférait. Rappelant ainsi à Lise qu'il avait passé beaucoup de temps dans cette pièce avec son père, tandis qu'ils prenaient des décisions qu'il ne leur appartenait pas de prendre. Des décisions qui *la* concernaient.

Rafe but une gorgée de café, renversa la tête en arrière et laissa échapper un murmure appréciateur et sensuel qui se répandit en elle et la réchauffa.

— Quelle merveille, ce café. Je n'avais pas dormi depuis vingt-quatre heures lorsque j'ai reçu votre injonction à venir vous voir..., madame.

Lise s'efforça de ne pas penser à ce qui avait pu le garder éveillé toute la nuit et l'amener à se présenter en tenue débraillée. Toutes sortes de rumeurs couraient à son sujet, des femmes faisant allusion à ses talents... prodigieux. La chaleur lui monta aux joues. Elle serra les mâchoires, furieuse d'être toujours aussi affectée par cet homme.

Quand cette obsession avait-elle commencé ? À quel moment la stratégie avait-elle été mise au point ? Le soir de son premier bal ? Le jour même où on lui avait annoncé qu'elle n'était pas autorisée à participer aux championnats de ski. Qu'au lieu de cela, elle allait entrer dans une institution pour jeunes filles afin de s'y perfectionner, comme si elle était un objet mal dégrossi qu'il fallait polir pour le rendre présentable. Ce soir-là, Lise avait eu du mal à garder la tête haute. Elle s'était sentie rabaissée, blessée, et le bal avait perdu tout attrait à ses yeux parce que l'événement marquait le début de son emprisonnement et non de sa liberté. Jusqu'à ce que, levant les yeux vers l'interminable cortège d'invités qui descendait le majestueux escalier de marbre, elle voie Rafe apparaître soudain en haut des marches. Il promenait son regard sur la foule comme s'il était le maître des lieux, ses cheveux noirs indisciplinés formant un contraste surprenant avec l'élégant smoking.

Dès l'instant où ses yeux noirs s'étaient arrêtés sur elle, tout avait disparu. La souffrance, le sentiment atroce qu'un piège s'était refermé sur elle. Puis il avait souri, avant de descendre à son tour les marches, le regard rivé au sien.

À ce moment-là, avait-il vu l'espoir qui devait se lire dans ses yeux ? Le désir d'être appréciée pour elle-même au lieu d'être vue comme un membre de la famille royale ? Personne ne se souciait de sa vraie personnalité, de ses désirs...

Après ce premier soir, Rafe s'était montré respectueux et prévenant, flirtant discrètement avec elle durant les brefs moments où ils se croisaient à l'occasion de manifestations officielles. Ensuite, elle avait eu vingt-deux ans. Il avait alors redoublé d'attentions et leur relation avait pris un tour plus intime. Il y avait eu des mots tendres et de doux effleurements. Elle s'était sentie belle, *désirée*. Elle s'était sentie femme. Une femme dont les désirs et besoins pourraient enfin être comblés.

La trahison avait été à la mesure de son idiotie. Mais ce n'était pas le moment de se laisser engloutir par les souvenirs cuisants, elle n'avait pas le temps de sombrer. Lise passa ses mains moites sur sa jupe noire. Il restait encore soixante-dix-sept jours de deuil national, mais elle ne serait jamais libre, même après cette période.

Sa famille avait été expédiée dans la tombe à cause d'elle.

— Les injonctions du roi ne vous ont jamais incommodé, dit-elle, le menton haut.

— Les vôtres non plus.

Après une légère hésitation, Rafe porta la tasse de porcelaine fine à ses lèvres et but une nouvelle gorgée de café. Ses yeux se posèrent sur les journaux. Sur les photographies du cortège funèbre conduit par des chevaux. Elle marchant derrière, la tête inclinée.

— Ce que vous avez à me dire peut attendre, poursuivit-il, presque à voix basse. Vous avez le droit de pleurer les disparus.

Les pleurer ? Lise aurait plutôt voulu pouvoir s'emporter, crier, hurler... Mais depuis quelque temps, sa vie équivalait à patauger dans des congères, les yeux bandés.

— La Constitution n'attend pas, déclara-t-elle fermement.

— Vous êtes la première femme à monter sur le trône depuis...

— Cent cinquante ans.

Elle ne risquait pas de l'oublier, puisque le Parlement, et surtout le Premier ministre Hasselbeck, le lui répétaient chaque jour, depuis quasiment l'instant où la crypte familiale avait été refermée. Ne se contentant pas de lui rappeler ses obligations mais aussi ses défauts...

— Le pays a attendu plus d'un siècle pour voir cette rareté se reproduire. Ils peuvent attendre encore un peu.

Rare, précieuse, belle. Rafe lui avait déjà susurré ces mots. Ils lui avaient fait l'effet d'un baume, abreuvant son âme assoiffée d'amour. Jusqu'à ce que ces mots apparaissent pour ce qu'ils étaient vraiment, des coquilles vides de sens. La vérité s'était alors montrée sous son jour le plus impitoyable. Son pays ne voulait pas d'elle mais était forcé de la garder.

Lise contrôla sa respiration pour tenter de refréner ses émotions. Ayant été une simple pièce de rechange, et de surcroît une femme, elle avait bénéficié d'une éducation dont le seul but était de la transformer en monnaie d'échange. Une simple poupée, belle et docile. Rien ne l'avait préparée à sa situation actuelle.

Dans ce pays arriéré, c'était le lot de la plupart des membres féminins de l'aristocratie. Elles contribuaient à la formation d'alliances, favorisaient la résolution de contrats grâce à des mariages opportuns. Mais Lise n'avait pas été docile… Si elle l'avait été, ses parents et son frère seraient encore en vie.

— Le temps est mon ennemi, monsieur De Villiers.

Et il ne lui en restait guère. Le mariage du prince héritier avait été arrangé longtemps avant sa mort. Le Premier ministre trouvait judicieux d'en conserver la date et les préparatifs pour celui de sa remplaçante. Les invités auraient été les mêmes, de toute façon. Lise n'avait besoin que d'un mari. Elle refoula la douleur qui lui labourait la poitrine.

Elle l'ignora. Elle devait accomplir son devoir. Peu importait qu'elle ne veuille pas de ses implications. Elle ne permettrait pas que son pays soit plongé dans l'incertitude. Et pour cela, elle avait besoin de Rafe. Parce que quiconque avait étudié l'histoire et la Constitution de leur petit pays enclavé au cœur des Alpes savait que, pour accéder au trône une femme devait être mariée.

Au temps où elle n'était qu'un pion dans ce jeu politique auquel ils se livraient tous les deux – jeu dans lequel elle n'était pas destinée à occuper le poste qui lui revenait maintenant –, son père avait choisi Rafe pour elle. Après lui avoir tourné autour pendant plusieurs mois, lors de ces rencontres qu'elle avait d'abord attribuées au hasard avant de s'imaginer qu'elles signifiaient bien davantage –, la vérité lui avait été révélée lors de cet ultime affrontement avec son père. Le roi lui avait *ordonné* d'épouser Rafe De Villiers.

Lise avait refusé. Puis refusé de partir avec sa famille pour leurs vacances annuelles, sachant qu'elle y serait soumise à une pression permanente. Le roi, la reine et le prince héritier ignorant délibérément la jeune femme de chair et de sang et ne s'intéressant qu'à la princesse royale. Refusant de la voir comme une femme pétrie de rêves et d'espoirs, une femme qui rêvait de tomber amoureuse, désespérément avide de croire qu'elle représentait quelque chose pour l'homme assis maintenant en face d'elle.

L'ironie, la *cruauté* du sort n'échappaient pas à Lise. Car, désormais, Rafe était sa seule option. Son devoir et sa pénitence.

Il devait bien savoir pourquoi elle avait requis sa présence. Et pourtant, ils étaient là, assis l'un en face l'autre, à chipoter sur des vétilles. Elle pouvait à peine supporter de lui poser la question. Mais elle aussi avait un plan.

Sa famille avait péri à cause d'elle. Son frère n'épouserait jamais sa fiancée ni ne porterait la couronne qui lui avait été destinée à la naissance.

Elle expierait son crime en épousant l'homme choisi pour elle par son père.

Lise se leva. Il l'imita aussitôt. Fichu protocole. Elle persistait à l'oublier et se retrouvait face à des individus qui bondissaient comme s'ils étaient mus par des ressorts. Et Rafe était si ardent, si leste. Rien de superflu, chez lui. Il était tout en muscles fins et déliés mis en valeur par ses vêtements. Tout ce qu'il faisait était calculé et parfait. *Calculé*... Elle devait se le rappeler. Et calculer elle aussi.

— Asseyez-vous, monsieur De Villiers.

Il prit son temps. Rafe n'obéissait à personne. Dans ces lieux régis par le protocole et la contrainte, il suivait sa propre voie. D'où le choc éprouvé par Lise lorsque son père lui avait parlé de l'accord qu'il avait conclu avec un homme à qui personne ne dictait sa conduite. Pas même lui, le roi.

Lentement, elle s'avança vers la fenêtre à meneaux et contempla les pics enneigés des Alpes. Des martinets tournoyaient et s'élevaient dans le ciel, portés par les courants, libres…

— J'ai besoin d'un mari.

— Mais vous n'en voulez pas, répliqua Rafe avec une note acerbe dans la voix.

Quand il avait tenté de la voir après sa dispute avec son père, elle avait refusé de lui accorder une audience, bien que le roi ait exigé qu'elle le reçoive.

— Eh bien, modifiez la Constitution, enchaîna-t-il.

Elle serra les poings, ses ongles lui meurtrissant la chair.

— D'autres ont déjà essayé, et échoué.

— En 1863 et en 1974. Les temps ont changé.

Pas à Lauritania. Son pays était irréductiblement conservateur. Et, pire encore, le peuple n'avait pas confiance en elle, comme en attestaient les gros titres de ces maudits journaux. Elle n'avait été que l'enfant conçue par précaution, au cas où le pire se produirait, ce qui n'aurait jamais dû arriver. Elle était le prix de consolation. Un pis-aller. Ce que Rafe ne savait que trop. Lise lui avait confié ses blessures à l'époque où elle avait confiance en lui.

— Vous savez pourquoi je vous ai fait venir. Cessez de feindre l'ignorance.

— J'ai besoin de vous l'entendre dire. Je n'aurais jamais la prétention de savoir lire dans les pensées d'une femme, madame.

Lise se retourna vers lui d'un mouvement vif. Très bien, elle irait droit au but. Inutile d'enjoliver la vérité.

— Je vous demande d'être mon époux.

Une lueur cupide traversa les yeux de Rafe. Autrefois, elle avait pris cela pour du désir. Quelle idiote.

Rafe posa les mains sur le bureau et joignit les doigts en pointe.

— Vous me voulez pour époux ? murmura-t-il.

La belle voix grave la fit frissonner. Autrefois, elle avait voulu croire à tout prix aux promesses contenues dans ce timbre velouté. Après avoir été contrainte de renoncer au sport qu'elle aimait, à la liberté qu'elle recherchait, son existence ne devait pas forcément être dépourvue de sens. Mais au plus profond de son cœur, ç'avait été plus que cela. Elle avait nourri le désir secret que, dans un univers de fourberies, de fausseté et de minauderies, cet homme superbe puisse l'aimer. Elle.

Lise redressa les épaules. Plus tard, elle se laisserait aller et s'effondrerait. Mais pas maintenant et jamais devant lui.

— J'exauce le dernier souhait de mon père.

— Hommage à la hauteur de sa grandeur, acquiesça-t-il avec une touche de mépris.

Un nouveau frisson lui parcourut le dos. Peut-être pas si grand que cela, à en croire les rumeurs entendues récemment. Elle commençait à réaliser que les membres de sa famille n'avaient été que des humains, même s'ils prétendaient le contraire.

— Je suis contente que vous partagiez mon point de vue, répliqua-t-elle d'un ton neutre.

Elle expiait sa faute et l'expierait jusqu'à la fin de ses jours. Mais à sa façon. Elle passerait un pacte avec le démon, mais elle ne lui vendrait pas complètement son âme.

— Avez-vous déjà entendu parler du mariage blanc, monsieur De Villiers ?

Rafe refoula le goût de bile qui lui montait aux lèvres. Il avait passé la nuit à bord d'un jet, abrégeant un voyage d'affaires pour répondre à sa sommation. Et maintenant elle lui parlait de *mariage blanc*.

— Oui, bien sûr, acquiesça-t-il avec calme.

— Parfait, voilà qui est réglé, répliqua-t-elle en se rasseyant, l'air encore plus nerveuse.

— Qu'est-ce qui est réglé ?

Il s'appuya nonchalamment en arrière. Au fil des années, il avait perfectionné cet art de la nonchalance. Avoir l'air de se ficher de tout le rendait intouchable. Les aristocrates de Lauritania, dès l'Académie, avaient essayé de détruire le parvenu, le fils de paysans qu'ils voyaient en lui. Peu importait que ses parents aient une fortune personnelle, acquise grâce à un travail dur, physique, au lieu d'être un héritage obtenu sans le moindre effort. Après la mort de son frère, Carl, ils avaient presque réussi à l'écraser. Mais Rafe était plus robuste qu'ils ne l'avaient cru.

— Notre mariage, voyons, dit Lise en plissant le front.

Il reprit une gorgée de café, maintenant froid. Il n'avait jamais voulu être vu comme un prétendant, un choix imposé au lieu d'être librement consenti. Il l'avait bien fait comprendre au roi. Il n'épouserait Lise que si elle le désirait, sans aucune contrainte.

— Quel est le rapport entre un prétendu *mariage blanc* et nous ? demanda-t-il avec le même calme.

Elle pinça les lèvres.

— C'est ce que je vous propose.

Absurde. Ce n'était pas ainsi que les choses auraient dû se passer. Il avait demandé à son père six mois pour la conquérir. Certain qu'il lui faudrait moins de temps pour obtenir la main et le cœur de cette femme qu'il voulait voir venir à lui de son propre gré. Afin qu'elle croie l'avoir choisi. Il avait suffisamment été méprisé à cause de ses origines paysannes. Il ne permettrait pas que l'on dise que la princesse de Lauritania l'avait épousé parce qu'elle y avait été forcée. Il avait voulu leur montrer à tous que leur princesse l'avait *choisi,* préférant le roturier à l'aristocrate.

Et qu'était-il arrivé ? Il avait dû partir brièvement à l'étranger pour ses affaires et, durant son absence, le père de Lise était passé à l'action – sinon à l'attaque – et avait essayé de forcer sa fille à l'épouser. Elle qui avait besoin de délicatesse et d'attentions. Résultat, au lieu d'être accueilli à bras ouverts à son retour, il s'était trouvé face à un véritable désastre. Lise avait refusé de le voir, allant jusqu'à menacer de faire appel aux gardes du palais s'il insistait. Et aux prises avec un roi furieux que l'un de ses sujets eût osé désobéir à un ordre direct. Apparemment indifférent au fait que le sujet en question soit sa propre fille.

Tout ce que Rafe avait prévu, organisé patiemment, avait été réduit en cendres.

Ensuite, dans un accès de rage, le père de Lise était parti avec la reine et le prince héritier à bord d'un seul véhicule. Sans doute pour mijoter avec eux un plan visant à forcer Lise à lui obéir. De son côté, la Sécurité du palais avait capitulé devant cette décision insensée. Ils étaient tous devenus paresseux et gras à force de complaisance. Si la chute d'une roche sur la route n'avait pas causé l'accident de voiture qui avait coûté la vie aux trois membres de la famille royale, Rafe se demandait s'il n'aurait pas été tenté d'y attenter lui-même.

Combien d'heures avait-il passé dans ce bureau à négocier ? Demandant au roi de lui faire confiance, répétant qu'il savait ce qu'il faisait. Mais à l'instar de tous les autres, le père de Lise n'aurait jamais pu concevoir qu'un simple roturier puisse savoir mieux que lui comment s'y prendre avec la princesse. Et maintenant, Rafe ramassait les morceaux.

Assise derrière l'énorme bureau, Lise paraissait minuscule. Le teint pâle, vêtue entièrement de noir, elle qui aurait dû porter des teintes vives et vibrantes. Être parée des bijoux chatoyants qu'il aurait voulu lui offrir. Il y avait songé dès l'instant où il l'avait aperçue. Il avait imaginé son triomphe quand il montrerait ce dont il était capable à l'aristocratie gangrenée. Être aimé d'une princesse royale. Prendre l'une d'entre eux comme sienne. Lui qu'ils avaient sous-estimé. Rejeté.

Le « Oui » de Lise devait être enthousiaste et joyeux.

Dans son arrogance infinie, le roi avait détruit tout cela.

— Un mariage *sans sexe* ?

Les joues claires rosirent. Très bien. Il retint un sourire.

— Pas question, déclara-t-il.

Il avait des atouts, et pas des moindres. Lise avait *besoin* de lui, à plus d'un titre. La situation du pays était-elle pire qu'on le disait ?

Était-ce pour cela que son père avait tenté de précipiter les choses en la forçant à l'épouser ? Le savait-elle ?

— Comment cela, « Pas question » ?

— C'est très clair, il me semble.

— Vous ne pouvez pas me forcer à...

Le regard affolé se posait partout sauf sur lui. Pas étonnant qu'elle soit effrayée. Lise se nourrissait de rêves. Depuis les romans d'amour qu'elle lisait en secret jusqu'aux préraphaélites dont elle admirait les peintures.

— Vous forcer à faire l'amour avec moi ? Je n'abuserais jamais d'une femme.

— L'amour n'a pas de place dans notre arrangement.

Mais il y aurait pu y en avoir. Rafe aurait fait en sorte qu'elle l'aime lorsque le moment serait venu de lui demander sa main.

— À coucher avec moi, alors. Sans amour, des étreintes purement sexuelles.

— Je... Je vois qu'un arrangement pratique ne vous intéresse pas. Excusez-moi, je vous ai dérangé pour rien.

Elle le regardait de ses grands yeux bleus, sa poitrine se soulevait à un rythme rapide.

— Je trouverai quelqu'un d'autre. On m'a proposé d'autres choix.

Des alternatives ? Elle se moquait de lui ? Rafe les imagina se battant pour devenir l'homme le plus puissant du pays. Ces types qui se croyaient supérieurs. Qui l'avaient persécuté à la prestigieuse Académie royale parce qu'il appartenait à une classe dite inférieure, même si la fortune de sa famille n'avait rien à envier aux leurs. Les salauds qui avaient méprisé Carl, dont la seule ambition était de garder les troupeaux dans la montagne. Ils l'avaient persécuté sans relâche, à tel point qu'il avait refusé d'y retourner six mois après y être entré, alors que, s'il était resté à l'Académie, il serait peut-être encore en vie...

Aujourd'hui encore, la fortune de Rafe soutenait les institutions et le train de vie auquel tenait tant l'aristocratie. Chaque goutte de vin qu'ils buvaient, la plupart de la nourriture qu'ils consommaient, portaient le nom de De Villiers. L'empire bâti de ses propres mains, grâce à son ambition renforcée par son propre vécu et la mort de son frère. Aux yeux de ces hommes, il restait un fils de paysans, ainsi qu'ils l'appelaient avec mépris chaque jour. Faisant abstraction du fait que, depuis des générations, sa famille fabriquait un fromage traditionnel reconnu Appellation d'Origine Protégée et réputé dans le monde entier. Et du fait que son empire continuait de prospérer alors que les leurs périclitaient. Carl avait raison. Cette académie et ces garçons ne lui avaient appris qu'une chose : le dédain. Plus tard, lorsque son frère était mort, Rafe n'avait eu droit qu'à encore plus de mépris de leur part. Jamais il ne l'oublierait.

Ces aristocrates n'avaient pas la moindre idée de ce qu'il faudrait faire pour sauver leur pays et c'était pour cela qu'il avait été choisi. La pensée que l'un d'entre eux touche Lise l'enrageait. Il n'y avait qu'un seul candidat pour elle. Lui.

— Je n'ai jamais prétendu être un eunuque. Et pourtant vous me condamnez à mener la vie de l'un d'entre eux.

Rafe avait tout prévu. La bague, un diamant couleur de soleil assorti à ses cheveux dorés. La nuit de noces durant laquelle il lui ferait découvrir une passion dont elle n'avait jamais rêvé. Dans ses prévisions, il n'y avait pas de place pour une femme refusant de le toucher et se refusant à lui.

— Vous m'avez mal comprise. Pas de… rapports charnels… avec moi, dit-elle, les joues cramoisies.

Le beau visage ne dissimulait rien. Charmante qualité pour une amante, terrible défaut pour une souveraine. Elle redressa les épaules, essaya de soutenir son regard, avant de détourner aussitôt les yeux.

— Vous pourrez prendre une maîtresse, naturellement. Après un délai approprié.

Parlait-elle sérieusement ? Oui, à en juger par la crispation de ses mâchoires. Il refoula le goût amer qui lui montait de nouveau aux lèvres.

— Et qu'envisageriez-vous comme délai approprié ? répliqua-t-il en agrippant les bras du fauteuil inconfortable.

Cela valait mieux que de céder au désir de briser quelque chose, la pendulette posée sur le bureau, par exemple, qui n'interrompait jamais son infernal tic-tac.

— Pourrais-je en prendre une après notre lune de miel ?

— Nous n'avons pas besoin de lune de miel. Il ne s'agit pas de ce genre de mariage.

— Pourquoi attendre, dans ce cas ? De votre côté, il vous faudra un amant. Il serait injuste de priver l'oie de ce que vous offrez au jars.

— Je ne suis pas une oie, monsieur De Villiers.

Les mains fines tremblaient. Elle posa de nouveau les paumes à plat sur le bureau en acajou.

— Dites-moi... Inviterons-nous nos... partenaires respectifs au mariage ?

— Taisez-vous ! ordonna-t-elle en le foudroyant du regard.

Rafe ignora l'avertissement contenu dans sa voix.

— Quelle conversation intéressante nous aurons au cours du dîner. Quoique la question : « Chéri, pourriez-vous me passer le sel, s'il vous plaît ? » puisse prêter à confusion. Je veux dire, quel chéri ? Au masculin ou au féminin ? L'épouse ou la maîtresse ? Le mari ou l'amant ? Je nous imagine nous empressant de tendre la main vers la salière tous en même temps...

— Il n'y aura rien de tel...

— Pas pour nous, non, l'interrompit-il à son tour. Pas d'étreinte à la sauvette dans un recoin du palais, hélas. Je suis un homme fidèle et je ne tromperais jamais ma maîtresse avec ma femme. Cela va à l'encontre de mes principes et...

— *Assez !*

Lise bondit de son fauteuil, le menton haut. Les pommettes rose vif. Il retrouvait la femme superbe qu'ils n'avaient pas réussi à détruire.

— Je suis enchantée de vous entendre affirmer que vous serez fidèle. Néanmoins, il n'y aura pas de confusion à propos de sel et de poivre. Ni de dîners intimes à quatre. D'après ce que j'ai cru comprendre, les rois ont des maîtresses, aussi serez-vous libre d'avoir la vôtre. Je vous demanderai seulement d'être discret.

Son père avait entretenu des maîtresses qui satisfaisaient ses moindres caprices. Savait-elle que le secrétaire privé de sa mère avait fait plus que répondre à la correspondance de la reine ? Ayant des parents qui s'aimaient sincèrement et inconditionnellement depuis leur première rencontre, Rafe trouvait ces petits arrangements malsains.

Cependant, l'amour n'était pas pour lui. C'était le seul jeu auquel il ait joué et perdu. Il avait découvert à ses dépens que les filles d'aristocrates ne voulaient de lui que pour une seule raison : irriter leurs parents en s'acoquinant avec un roturier. Pour ces femmes, il n'avait jamais représenté qu'un moyen d'exprimer leur rébellion. Suffisamment riche pour ne pas leur causer d'embarras, mais pas assez bien pour elles. Il s'était cru amouraché d'une fille de comte. Jusqu'à ce qu'il lui demande sa main et qu'elle se rie de son audace. Ce jour-là, il avait compris. L'amour c'était pour les imbéciles. Il n'avait pas de temps à perdre avec cela et il ne prendrait plus jamais le risque d'être ridiculisé, ni ne permettrait qu'on le méprise.

Le pouvoir était une monnaie d'échange qu'il comprenait et maîtrisait. L'amour ? Il vous rendait impuissant. Sans pouvoir.

— Et vous, madame ? demanda Rafe en haussant un sourcil.

— J'ai besoin d'un mari. Pas d'un amant.

Cet aveu le ravit. Aucun rival n'était à craindre. Mais il continuerait de jouer le jeu de Lise. Pour l'instant.

— C'est injuste.

— Vous êtes généreux de le penser.

— Quand il s'agit de plaisir, je suis entièrement pour l'égalité. En vérité, je veille toujours à ce que le plaisir de ma partenaire surpasse le mien.

Elle entrouvrit les lèvres. Il ne l'avait jamais embrassée, ce qu'il regrettait. Peut-être aurait-il dû se montrer plus offensif dans son approche. Mais il avait pensé qu'il avait tout le temps de la séduire.

— Il n'y a rien d'égalitaire dans une Constitution qui autorise un roi à régner de plein droit alors qu'il oblige une reine à se marier pour accéder au trône.

Sa voix était douce, résignée. Il détesta cette soumission. Il voulait la voir résister, se battre.

— Mais c'est ce qui m'incombe et je ferai mon devoir.

— Et lorsque votre devoir vous demandera de produire au moins un héritier pour assurer la succession ?

— Il s'agit d'enfants, pas d'objets, ainsi que la monarchie les considère trop souvent.

Elle redressa la tête et le toisa avec froideur.

— C'est la raison pour laquelle il n'y en aura pas.

La dureté de son regard le fit frissonner intérieurement. Elle était sérieuse. Brutale et amère. En total désaccord avec ses rêves et ses aspirations. Rafe le savait. Elle lui avait confié ses secrets lors de ces rencontres qu'elle avait crues fortuites alors qu'elles avaient été planifiées avec soin. Elle avait commencé à s'ouvrir à lui, à évoquer ses désirs les plus profonds, et maintenant elle lui claquait la porte au nez.

Il la contempla tandis que, raide comme une planche, elle fixait résolument un point situé derrière son épaule.

— Et la succession ?

Lise inspira, un léger tremblement la parcourut.

— La monarchie disparaîtra avec moi.

Rafe eut un mouvement de recul. Non. Il n'accepterait *jamais* cela.

— Lise…

— Je ne vous ai pas autorisé à m'appeler par mon prénom.

Elle le toisait de nouveau, avec la même froideur, la même distance dont usaient tous les membres de familles royales qu'il avait eu l'occasion de rencontrer.

— En effet, mais vous m'avez proposé de vous épouser, répliqua-t-il du tac au tac. Par conséquent, j'estime que nous avons dépassé le stade des titres honorifiques.

— Uniquement lorsque je l'aurai décidé. D'autre part, vous n'avez pas accepté ma proposition.

Sa peau était si pâle qu'elle en paraissait transparente, les ombres soulignant ses yeux ressortant d'autant plus.

— Il y a deux réponses possibles, monsieur De Villiers. « Oui », ou « Non. »

S'il refusait, il la perdait à tout jamais. S'il acceptait, il s'engageait dans un mariage vide et froid, mais il serait roi.

— Oui, je serais très honoré de devenir votre époux.

Un bref soulagement passa sur les traits de Lise. Elle se détendit légèrement, avant de reprendre sa posture rigide et résolue.

— Le Premier ministre suggère que le mariage ait lieu dans un mois. Il trouve cela raisonnable.

Le jour où le prince héritier aurait dû se marier. Comment le gouvernement pouvait-il infliger cela à Lise ? Pourquoi les laissait-elle faire ?

— Raisonnable et surtout commode.

— En effet.

Cette fois, il perçut de la colère dans sa voix.

— Cela permettra d'éviter de gaspiller de l'argent et des efforts, continua-t-elle. Le couronnement aura lieu aussitôt après.

Ils ne lui accorderaient pas un seul jour de répit. Prouvant ainsi qu'ils ne l'avaient jamais considérée comme une personne. Rafe serra les mâchoires. Peut-être pouvait-il lui offrir quelque chose qui soit à elle et rien qu'à elle.

— Avez-vous des préférences, concernant la bague de fiançailles ?

Le diamant jaune auquel il avait pensé n'avait pas sa place ici. Il n'y avait pas de soleil dans cette pièce. Lise était enfermée dans un éternel hiver.

— Je pensais à un saphir du Sri Lanka, poursuivit-il. Il est du même bleu inaccessible que vos yeux.

Elle le dévisagea un instant en silence, l'air hésitant, puis secoua la tête.

— Je n'ai besoin que d'une signature au bas du certificat de mariage. Le moment n'est pas aux célébrations.

— Je comprends. Mais que *désirez*-vous ?

Impossible de ne pas voir les larmes briller dans les yeux de celle qui, par cet arrangement, se refusait tout ce qu'elle désirait.

— Un mariage de convenance, rien de plus.

Rafe se contenta d'acquiescer d'un hochement de tête, craignant de se laisser submerger par la colère s'il disait quoi que ce soit.

— Merci, Rafe, murmura-t-elle.

Fugacement, il vit la princesse qu'il avait connue. Elle avait déjà repris sa posture régalienne.

— Mon secrétaire particulier reprendra contact avec vous.

— J'attendrai son appel.

Sur ces mots, Rafe se leva et s'inclina, avec l'impression de jouer une comédie absurde.

L'instant d'après, il sortit du bureau et s'avança dans l'enfilade de couloirs pavés de marbre. Il avait accepté d'épouser Lise, mais pas le reste. Il avait du temps, à présent. Et il gagnerait la bataille. Il se marierait, et ensuite mettrait en œuvre un nouveau plan.

Un plan visant à conquérir sa femme.

2

Lise était fin prête. Maquillée, coiffée. La styliste lissa un pli invisible, rajusta le voile puis recula pour mieux voir son œuvre. Lise ne l'écoutait pas, ni les assistantes qui lui conseillaient de s'admirer dans la haute psyché.

Autrefois elle avait rêvé de ce jour. Imaginé sa mère l'aidant à enfiler sa robe de mariée. Apaisant sa nervosité... Alors que la reine n'avait jamais été maternelle ou rassurante. Dans ses rêves, ses parents devenaient tels qu'elle aurait aimé qu'ils soient. Ce que Lise désirait en secret, c'était de l'amour, pas du décorum. De la dévotion, pas des devoirs. Autrefois. À l'époque où elle envisageait un avenir rempli de joie, d'amour et d'espoir. Hélas, il n'y aurait sans doute plus jamais de joie dans ce palais.

— Laissez-moi, s'il vous plaît.

Les jeunes femmes s'inclinèrent et quittèrent la pièce en emportant leur babillage avec elles. La sensation familière lui picota les yeux. La maquilleuse ayant utilisé du mascara waterproof, Lise ne risquait pas de détruire son travail en s'autorisant quelques larmes. Sans témoin.

Son père avait dit, la seule fois où il lui avait confié un sentiment personnel, qu'être monarque était synonyme de solitude. Elle le comprenait, à présent. Elle avait même refusé d'avoir une demoiselle d'honneur. La personne idéale pour ce rôle aurait été Sara, la fiancée de son frère. Sa seule véritable amie. Chacune à leur façon, elles tenaient tête aux injonctions qui pesaient sur elles.

Mais comment aurait-elle pu demander à Sara d'être sa demoiselle d'honneur le jour où elle aurait dû se marier elle-même ? Offrir Sara en pâture aux journalistes scrutant ses moindres gestes, ses moindres expressions ? Lise ne lui infligerait jamais un tel supplice.

De toute façon, elle devait accomplir cet acte sans le soutien de personne. Quelqu'un la conduirait à l'autel, naturellement. Le premier rôle revenait forcément au Premier ministre.

Lise passa ses mains tremblantes sur le bustier brodé de perles. La couturière avait travaillé nuit et jour pour que la robe soit terminée à temps. Sa robe. La seule chose qu'elle ait eu le loisir de choisir. Mais non sans devoir résister aux arguments de la styliste du palais qui avait tenté de la faire changer d'avis. Lise était restée inflexible.

Il ne s'agissait pas de réjouissances mais de deuil.

On frappa discrètement à la porte. Déjà le moment de partir ? Elle ravala le goût amer qui montait de sa gorge et immobilisa ses doigts qui continuaient de trembler.

— Entrez.

Lorsque la porte s'ouvrit et qu'Albert Thomsen, son secrétaire particulier, apparut, en élégant costume gris foncé, elle eut envie de se précipiter vers lui et de se jeter dans ses bras. Parce que si quelqu'un l'avait aidée et conseillée dans ce palais, c'était lui.

Mais une reine n'avait pas le droit de céder à ce genre d'élan spontané. Aussi attendit-elle qu'il vienne jusqu'à elle et s'incline.

— Le Premier ministre est en chemin.

— Merci, Albert.

Il était plus un père pour elle que ne l'avait été son vrai père. Albert occupait son poste depuis l'accession au trône du roi. Et depuis qu'il était devenu le secrétaire particulier de Lise, il demeurait pour elle une présence solide et stable, lui apportant une aide et un soutien sans faille. Il l'aidait à éviter les faux pas, la félicitait pour ses petits succès.

D'aucuns, notamment le Premier ministre, avaient estimé que le moment était venu pour lui de prendre sa retraite, mais Albert désirait continuer à travailler pour elle, et Lise ne souhaitait pas perdre le seul ami qu'elle avait au palais.

— Vous faites une belle mariée, madame.

Son cœur se mit à battre comme un fou. Elle allait se marier. Rafe, cet homme magnifique, tout en muscles et au charme puissant, serait bientôt à elle. Les battements de son cœur s'affolèrent, comme si un oiseau était prisonnier de sa cage thoracique. Lise appuya la paume sur sa poitrine et respira lentement.

Rafe ne serait jamais à elle. Il n'était qu'un moyen indispensable pour atteindre un but.

— Je ne suis pas certaine que la styliste partage votre avis.

— Si seulement ce jour était synonyme de bonheur pour vous.

Son secrétaire se noua les mains derrière le dos, puis la regarda de cet air indéchiffrable qui la faisait douter de tout.

— C'est un choix courageux, madame.

Elle rit, d'un rire amer et dur dépourvu de toute gaieté. Il n'y avait rien de courageux dans aucun de ses actes.

— Vous m'appeliez Lise, autrefois...

Albert avait toujours été là pour elle. Lui prodiguant conseils et encouragements avec chaleur.

— C'était avant que vous ne deveniez ma reine.

— Et Annalise lorsque vous étiez en colère contre moi.

— Ai-je jamais été en colère contre vous ? Je n'en ai pas souvenir, dit-il avec l'ombre d'un sourire.

— Lorsque j'avais chipé la couronne avant que mon père parte en voyage officiel.

Juste pour l'essayer. À ce moment-là, personne ne doutait que ce joyau serait porté plus tard par son frère. Pas par elle. Les diamants enchâssés dans la couronne en or avaient représenté une trop grande tentation pour l'adolescente qu'elle était alors. Elle l'avait dérobée dans les appartements de son père où le joyau était déposé dans un coffre en bois sculpté. La couronne était large et haute, et si lourde... que Lise l'avait lâchée...

Albert se mit à rire, faisant frémir sa moustache grise taillée avec soin.

— Personne n'a remarqué la marque laissée par la chute, et le joaillier du palais l'a réparée.

Ç'avait été leur secret. Albert avait caché l'incident au roi « pour le bien de tous », avait-il dit à l'époque. Lise repensa à ses rencontres prétendues secrètes avec Rafe et sentit de nouveau les larmes lui monter aux yeux. À qui avaient-elles fait du bien ?

— Que puis-je faire pour vous, madame ?

Il y avait quelque chose de si affectueux dans la voix d'Albert qu'elle faillit craquer complètement.

— M'appeler Lise, pendant encore un petit moment. Vous voulez bien ?

— Vous serez toujours Lise, pour moi. Même lorsque je vous appellerai « Majesté ».

Elle tourna les yeux vers les hautes fenêtres de son salon privé. Elle avait toujours aimé cette vue des Alpes. Dans ces montagnes, elle se sentait chez elle. Mais aujourd'hui, elles avaient quelque chose de presque menaçant. Comme si elles la jugeaient.

— Je n'y arriverai pas, Albert.

— Vous êtes née pour cela.

— Personne ne m'a préparée à ce rôle, ni donné les outils nécessaires.

Personne ne songeait à elle. Son frère était destiné à monter sur le trône et elle à remplir son devoir. Et elle avait échoué. De façon spectaculaire. Que serait-il arrivé si elle avait accepté d'épouser Rafe lorsque son père le lui avait ordonné ? Elle se serait retrouvée mariée comme elle allait l'être dans quelques instants, et le reste de sa famille serait encore en vie.

— Vous faites partie de celles et ceux qui n'ont pas besoin d'apprendre, parce que vous avez cela en vous, dit Albert en se posant la main sur la poitrine. Vous vous êtes toujours souciée du peuple de Lauritania, Lise. Vous n'avez pas besoin qu'on vous l'apprenne. Votre instinct vous guidera et vous aidera à surmonter les obstacles. Quant au reste, je suis là pour vous aider.

— Je sais, Albert. Et je vous en remercie.

— Ayez confiance en vous comme vous avez confiance en moi et tout ira bien, répliqua-t-il avec un sourire doux et triste. Avez-vous besoin d'autre chose ?

D'un moyen de s'enfuir ? Il n'y en avait aucun. Les dés avaient été jetés des semaines plus tôt. Lise serra les mâchoires. Elle aurait préféré attendre la fin du deuil national. Trois mois. C'était tout ce qu'elle avait demandé. Mais le gouvernement avait refusé.

Le silence tomba dans la pièce. La pendulette sonna. Les épingles maintenant son voile lui meurtrissaient le crâne.

— Je crois que j'ai besoin d'être seule quelques instants avant l'arrivée du Premier ministre.

Albert s'inclina puis se détourna et s'avança vers la porte.

— Albert ?

Il s'arrêta, la main sur la poignée.

— Oui, madame ?

Plus de *Lise*. C'était fini.

— Que pensez-vous de ma décision d'épouser M. De Villiers ?

Quand elle était sortie en trombe de la pièce après sa dispute avec son père, Albert avait été là. Dans le couloir. Aussi avait-il forcément entendu ce qu'elle avait dit, mais rien n'avait transparu sur ses traits lorsque leurs regards s'étaient croisés, avant qu'elle ne s'élance en courant dans le long couloir, désespérée et le cœur en miettes.

Albert sourit.

— J'ai toujours pensé que vous étiez une femme très courageuse, Majesté.

Immobile au pied de l'autel de la cathédrale de Morenberg, Rafe entendait les chuchotements résonner sous les hautes voûtes. Les vitraux laissaient passer des rayons lumineux qui projetaient des motifs colorés sur la pierre claire, telles des gouttes de sang.

Il baissa les yeux sur le tapis rouge déroulé sur l'allée centrale. Le parfum des lys avait quelque chose d'étouffant. Il se demanda si Lise avait choisi ces fleurs ou si elles aussi avaient été commandées à l'avance pour les noces de son frère. Cette éventualité l'irrita. Il détestait que ce jour, le jour de *son* triomphe, soit en quelque sorte un recyclage. Il secoua la tête. Ce n'était pas le moment de se laisser aller à de telles pensées alors que la mariée allait arriver. Plus que quelques heures et il serait roi. L'homme le plus puissant du pays.

Son pouls s'accéléra, l'excitation monta en lui. Son père et sa mère étaient assis au premier rang, tranquillement. Ils n'avaient plus cette expression extasiée qu'ils avaient eue lorsqu'il leur avait annoncé que lui et Lise allaient se marier. Ils demeuraient les gens humbles et paisibles qu'ils avaient toujours été. Alors que, comme lui, ils allaient occuper la place qui leur revenait dans la société. Leurs petits-enfants seraient les héritiers du trône. Le nom des De Villiers resterait pour toujours attaché à la Couronne. Rafe n'avait qu'un seul regret, que Carl ne soit pas là pour assister à son triomphe. La douleur lui lancina la poitrine ; la blessure restait vivace, même après toutes ces années.

— Tu es sûr de toi ?

Lance, son témoin et meilleur ami, considérait la pompe royale avec une nonchalance tout aristocratique. Rafe l'avait rencontré à l'Académie, son père étant alors ambassadeur du Royaume-Uni à Lauritania. Autrement dit, il était un étranger, comme Rafe. Peu importait que Lance Astill soit l'héritier d'un duché anglais. Il n'était pas lauritanien, donc il n'était rien. Séparés, ils avaient été persécutés. Ensemble, ils étaient devenus intouchables. À la mort de Carl, Lance l'avait aidé à surmonter son chagrin et était devenu le frère qu'il avait perdu. Lorsque le père de Lance avait été nommé dans un autre pays, cela n'avait altéré en rien leur amitié et elle n'avait jamais faibli depuis.

— Absolument, déclara Rafe d'une voix ferme.

— Une voiture est garée à deux pas et j'ai ceci...

Lance glissa la main dans la poche intérieure de sa veste et en sortit le haut d'une flasque en argent.

— Du whisky. Plus une caisse entière sur le siège arrière. En passant par la porte du sanctuaire, on peut y être en une minute. On file en douce et on boit, jusqu'à ce qu'on n'ait plus de munitions.

Il avait dit cela avec ce sourire qui affolait toutes les femmes. Mais son regard était grave et sérieux.

— Non.

— Je t'ai connu plus bavard. Elle t'a déjà muselé ? Pas d'enterrement de vie de garçon, et maintenant tu refuses un whisky plus que correct. Ah, les femmes... tu veux vraiment te marier ? fit Lance avec un soupir théâtral.

L'orgue entonna un hymne nuptial.

— Il y a plus important que le whisky.

Ces paroles équivalaient presque à un sacrilège. Autrefois, tout tournait autour du whisky et des femmes. Mais Rafe n'avait pas éprouvé le besoin de fêter sa dernière nuit de célibat. Ce mariage lui ouvrait toutes les portes.

— Tu as les alliances ?

Son ami fit mine de se tapoter les poches en fronçant les sourcils. Mais Rafe le connaissait trop pour être dupe de cette petite comédie.

— Je crois que je les ai... Quelque part... Ah.

Il enfonça la main dans sa poche de pantalon et en sortit les deux anneaux d'or.

— La sienne est incroyable.

Lance la fit tourner entre ses doigts, admirant la facture du bijou.

— Lise ne voulait pas de bague de fiançailles. Je me devais de trouver mieux qu'un simple anneau.

Il avait voulu quelque chose de symbolique pour marquer la circonstance. L'alliance de son arrière-grand-mère. Cette bague avait été conçue à l'image de l'amour de son arrière-grand-père pour sa fiancée. Lorsque ses parents la lui avaient proposée, il avait d'abord voulu refuser, sachant que ce bijou de famille symbolisait une dévotion absente de son propre mariage. Mais il n'avait pu renoncer à honorer cet héritage.

— Ça doit être de l'amour, dit Lance avec son ironie coutumière.

Non. Pas pour lui. Il ne s'exposerait jamais à une telle vulnérabilité. Jamais plus il ne tomberait dans ce piège.

— Attention, mon vieux, répliqua-t-il avec un sourire destiné aux caméras. Le monde entier nous observe.

— Nerveux ? fit Lance en suivant son regard.

— Non. Je suis là où est ma place.

— La mariée aussi ?

Rafe jeta un coup d'œil à sa montre. Elle n'avait que cinq minutes de retard, mais c'était déjà trop. Il se raidit. Il n'avait voulu aucune hésitation. Aucun signe de réticence. Il se ressaisit. Pourquoi se soucier de quelques minutes de retard alors qu'il allait devenir le roi de Lauritania ?

— Dis-moi, reprit Lance. Je voulais te demander… Qu'est-ce que c'est ce truc horrible sur ta poitrine ?

Il désigna le ruban bleu ciel et blanc et l'étoile en émail sertie de pierres précieuses avec insigne agrafés sur la veste de Rafe.

— On dirait un vautour.

— Ordre du Corbeau.

L'ordre le plus prestigieux du pays. Rafe n'ayant pas une goutte de sang bleu, il avait été décidé en haut lieu de lui conférer un titre quelconque. Pour service exceptionnel rendu au monde des affaires. Il aurait pu éclater de rire. Il servait le pays depuis des années et il fallait qu'il épouse leur reine pour obtenir un tant soit peu de reconnaissance.

— Tu deviens l'un d'entre eux.

Cette fois, il y avait eu de la déception dans la voix de son ami. Après que Rafe l'eut sauvé d'un tabassage organisé par les fils d'aristocrates lauritaniens, ils avaient fait le vœu de ne *jamais* devenir comme eux. À partir de ce jour, Rafe s'était défendu avec ses poings, fier de ses origines paysannes. Ensemble, lui et Lance étaient devenus une force invincible.

— Je ne serai jamais l'un d'entre eux, déclara-t-il en le regardant dans les yeux. Je vaux mieux qu'eux.

Lance secoua lentement la tête.

— Toi et ton ambition...

Cette remarque l'ébranla plus qu'il ne l'aurait souhaité.

— Si c'est ce que tu penses, qu'est-ce que tu fais ici ?

— Je m'assure que mon plus vieil ami prend la bonne décision.

Un silence suivit ces paroles. Puis Lance posa la main sur l'épaule de Rafe et reprit à voix basse :

— Et puis, il y a les femmes. Le témoin du marié récolte toujours la plus sexy. C'est bien connu.

Rafe rit doucement. Toute sa tension disparut, lorsque soudain la musique s'enfla dans un *crescendo* retentissant en même temps que les portes de la cathédrale s'ouvraient en grinçant. Les trompettes prirent le relais, annonçant l'arrivée de celle qui serait bientôt sa femme. Il se retourna. La silhouette de sa fiancée se découpait dans la lumière provenant de l'extérieur. Son cœur se mit à battre à un rythme infernal.

— On dirait que tu t'es fait royalement avoir, mon vieux, gloussa Lance.

Sur le moment, Rafe ne comprit pas ce qu'il voulait dire. Lise franchit le seuil, telle une ombre éclairée par-derrière. Elle s'avança lentement dans l'allée centrale, le Premier ministre à son bras. Mais quand elle se rapprocha, Rafe comprit ce que Lance avait vu dès qu'elle était apparue sur le seuil et que lui ne voyait que maintenant qu'elle émergeait de l'ombre. Sa robe était noire.

Il serra les mâchoires. Sa jaquette lui parut trop ajustée, il avait trop chaud. De toutes les humiliations qu'il avait subies, celle-ci était la pire. Il brûlait d'arracher de sa poitrine l'emblème qu'elle lui avait décerné à peine quelques jours plus tôt, décoration de pacotille dénuée de sens. Il voulait des symboles ? Lise lui en offrait un de son cru. La teinte de sa robe exprimait un rejet absolu.

Se rappelant que le monde entier les observait, Rafe se concentra sur sa respiration et sourit à sa fiancée qui ne se trouvait plus qu'à un mètre de lui. Du coin de l'œil, il vit que ses parents souriaient aux anges, comme si l'affront qui lui était infligé comptait pour rien.

— Vous êtes superbe, dit-il.

Elle avait le visage encore plus pâle que d'habitude et les traits flous derrière le voile noir bordé de dentelle qui descendait jusqu'au sol et s'étalait derrière elle comme une flaque de sang noir. Aux yeux de tout autre que lui, elle *était* superbe. Le bustier mettait en valeur la silhouette mince et faisait ressortir les seins haut perchés. La dureté de la couleur était adoucie par la ruche toute féminine entourant le cou gracieux et se prolongeant autour du décolleté sage. La soie brodée de perles chatoyait au moindre mouvement. Cette robe était une véritable œuvre d'art. Mais cela n'apaisa pas la colère qui bouillait dans ses veines.

L'archevêque prit place devant eux ; la musique cessa.

Rafe avait passé sa vie entière à planifier un moment comme celui-là. Il avait manœuvré pendant quatre ans pour en arriver là. Et ce fut Lise, et non lui, qui, d'un bref hochement de tête, donna le signal du début de la cérémonie qui allait sceller leur union.

L'archevêque entonna une prière puis commença le rituel.

— Nous sommes réunis ici aujourd'hui pour célébrer le mariage...

Cette simple phrase suffit à chasser le froid qui l'avait envahi. Rafe écouta les paroles évoquant l'amour, la joie, la tendresse. Les enfants. Ces mots auraient dû résonner comme une parodie, mais, étrangement, il ne les entendit pas ainsi. Même sa colère retomba. Il se tourna vers Lise et prit sa main dans la sienne comme on lui avait dit de le faire. Un tremblement parcourut les doigts glacés. Derrière le voile, les yeux bleus paraissaient immenses et brillaient de larmes contenues. Brusquement, il ne s'agit plus d'un pays, d'une reine ou d'un roi mais du présent. D'un homme et d'une femme au pied de l'autel. Les vœux furent prononcés avec un calme presque surréel et un accent faux qui n'échappa pas à Rafe. Il glissa l'alliance au doigt de Lise. Sans la moindre hésitation, elle glissa ensuite l'anneau d'or au sien.

— ... je vous déclare mari et femme.

Il souleva le voile, découvrant le visage blême de sa femme. La belle bouche rose pêche. Les yeux bleus qui scrutaient son visage. Les pupilles dilatées et sombres. Une roseur ténue passa sur les joues claires avant de disparaître aussitôt. Il leva la main et la posa sur la peau soyeuse. Lise renversa légèrement la tête en arrière et entrouvrit ses lèvres. L'espace d'un bref instant, Rafe crut qu'elle désirait cette union. Qu'elle *le* désirait. Puis l'illusion s'évanouit.

— Pour l'amour du ciel, embrasse la mariée, murmura Lance.

Pas aujourd'hui. Leur premier et vrai baiser aurait lieu en privé, pas devant des millions de regards dardés sur eux. Il voulait qu'elle en meure d'envie, qu'elle le *supplie* de l'embrasser. Il pencha la tête et effleura sa joue du bout des lèvres, savourant le doux soupir qui s'exhala des siennes.

Puis il se retourna vers l'assemblée. Le couronnement aurait lieu aussitôt après la cérémonie religieuse, mais ce n'était qu'une simple formalité. Il n'avait pas besoin de sentir le poids de la couronne sur sa tête pour savoir qu'il avait gagné. C'était plus grisant que de gagner son premier milliard. Plus enivrant que de boire toute la caisse de whisky planquée à l'arrière de la voiture garée à proximité.

Le pays lui appartenait. Il régnait sur eux tous.

3

Lise toucha à peine aux spécialités gastronomiques qui lui furent présentées. Le mal de tête lui étreignait les tempes. Les autres convives semblaient s'amuser et apprécier les mets raffinés, le vin coulait à flots. Une atmosphère festive régnait autour des tables. Plus de trois cents personnes se trouvaient rassemblées pour célébrer un mariage dont elle ne voulait pas. Un mariage prévu pour son frère, pas pour elle.

En revanche, Rafe mangeait avec appétit et goûtait à tous les plats avec un plaisir manifeste. Il avait obtenu ce qu'il convoitait, le fruit des machinations ourdies avec son père à l'insu de la principale intéressée. Lise repoussa une mèche échappée de son chignon en s'efforçant de faire abstraction de la proximité de celui qui était désormais son époux. Disparue, l'attitude décontractée. Aujourd'hui, il vibrait d'une sombre énergie. En somptueuse jaquette taillée sur mesure et cravate de soie, les cheveux coupés à une longueur plus respectable, mais toujours repoussés nonchalamment en arrière comme s'il venait d'y passer la main. Lise avait brûlé de toucher ces boucles noires et brillantes quand, à la cathédrale, elle avait attendu le baiser qui n'était jamais venu. L'espace d'un instant, elle avait pensé qu'aujourd'hui elle pourrait s'approprier quelque chose. Mais cela ne fonctionnait pas ainsi, dans la vraie vie. Au lieu du baiser qu'elle avait attendu, espéré, il avait tourné la tête et l'avait embrassée sur la joue. Elle ne saurait jamais si ces belles lèvres étaient froides ou chaudes, douces ou dures.

Elle aurait dû en être soulagée. Les effusions ne faisaient pas partie de leur arrangement, même si un baiser était censé sceller leur union. Si Rafe *l'avait* embrassée, il n'aurait transgressé aucune limite, rompu aucune promesse. Mais il ne l'avait pas embrassée et elle avait perdu sa seule opportunité de s'offrir un baiser. À présent, Lise n'espérait qu'une chose, que cette journée se termine rapidement afin qu'elle puisse aller se réfugier dans ses appartements et se débarrasser de cette robe. Et oublier pour toujours ses rêves de mariage d'amour. Ensuite, elle se préparerait à endurer trois jours de prétendue lune de miel, parce que le peuple devait croire à une belle histoire romantique et reprendre espoir après la tragédie qui avait décimé la famille royale.

Le lendemain matin, elle allait donc devoir partir pour une destination inconnue et partager son espace vital avec Rafe, bien plus qu'elle ne l'aurait souhaité.

— Votre robe est magnifique, Majesté, dit soudain l'épouse du Premier ministre avec un sourire artificiel. Le choix de la teinte est audacieux.

Rafe se raidit à côté d'elle. Il reposa son couteau et sa fourchette, porta son verre de vin à ses lèvres.

— Je l'ai choisie pour honorer ma famille dont je porte le deuil, répliqua-t-elle, la douleur lui lancinant les tempes.

L'épouse du Premier ministre effleura du bout des doigts la manche de sa veste en soie jaune citron. Teinte des plus gaies et festives. Alors que le pays était en deuil.

— Mais en ce jour où nous célébrons votre mariage, vous auriez pu vous autoriser à être un peu plus… éclatante. Vous êtes censée ne vous marier qu'une fois, après tout.

Lise jeta un coup d'œil en direction de la table où était assise Sara Conrad, la fiancée de son frère, en noir elle aussi. Qu'éprouvait-elle en ce jour où l'on célébrait le mariage de sa meilleure amie ? C'était elle qui aurait dû être sacrée reine aujourd'hui.

La culpabilité l'assaillit de plus belle. Elle avait volé l'avenir de Sara et de son frère.

Rafe se pencha en avant.

— Vos parents sont-ils toujours vivants, madame Hasselbeck ? demanda-t-il en posant sa main chaude sur celle de Lise.

Ce geste de soutien allégea brièvement son mal de tête.

L'épouse du Premier ministre se redressa sur sa chaise, les lèvres pincées et le regard dur.

— Oui, ils sont toujours vivants, monsieur De Villiers.

L'offense était trop évidente pour être involontaire. Quelques convives cessèrent de manger. Un silence embarrassé tomba sur la tablée.

Les yeux de Rafe s'assombrirent encore. Une expression inflexible empreignit ses traits.

— Pardon ? fit-il en haussant un sourcil.

Royal. Son père n'aurait pas fait mieux.

— Toutes mes excuses, Majesté, dit Mme Hasselbeck en se tapotant les lèvres avec sa serviette de damas blanc.

Et sans la moindre sincérité.

— C'est si nouveau que j'avais oublié, ajouta-t-elle d'un ton désinvolte.

Comment osait-elle ? Offenser Rafe équivalait à offenser la monarchie. Lise ouvrit la bouche pour riposter mais il la devança.

— Vous devriez faire tester votre mémoire, déclara-t-il d'une voix glaciale. Ce trou de mémoire est fort inquiétant. Il pourrait être le symptôme précurseur de troubles plus graves.

L'avertissement était clair. Rafe n'oubliait rien et ne pardonnait pas. Lise frissonna. Il ne lui avait encore jamais montré cet aspect de sa personnalité. L'homme d'affaires impitoyable qui agirait à sa guise parce qu'il en avait désormais les moyens.

Mme Hasselbeck baissa les yeux.

— Cela ne se reproduira pas, Majesté.

— Je suis ravi de l'apprendre, répliqua Rafe.

Le silence retomba. La tension était palpable. Puis les convives reportèrent leur attention sur leurs assiettes.

— J'ajouterai cependant que lorsque l'on a l'avantage d'avoir encore ses parents, on ne se mêle pas de donner des conseils à ceux qui les ont perdus et portent le deuil.

Une vague de chaleur se répandit en Lise. Elle n'aurait pas dû apprécier ces paroles. Rafe ne se souciait pas vraiment d'elle. Pas question de laisser son cœur stupide s'emballer et de voir des choses qui n'existaient pas. Son mari était un expert, elle une amatrice. Elle ne devait jamais l'oublier.

Ses espoirs avaient été des chimères. Il ne l'aimerait jamais. Elle avait appris très tôt que personne ne l'aimait vraiment. Sa naissance avait été nécessaire. Elle n'avait pas été désirée et, alors que le roi, la reine et le prince héritier avaient paru agir comme bon leur semblait, elle-même avait été sommée de faire ce qu'on lui disait de faire. Et elle avait eu beau se montrer docile, cela n'avait jamais été suffisant.

Le quatuor à cordes entama une valse. Lise laissa échapper un léger soupir, essaya de détendre ses épaules. Le mal de tête était toujours là. Elle afficha un sourire de circonstance, regarda la foule des invités.

Rafe se leva et lui tendit la main. Elle y glissa la sienne. La chaleur se répandit dans ses doigts glacés. Il la regarda dans les yeux. Les battements de son pouls s'accélérèrent. Les pulsations qui lui martelaient les tempes aussi. Rafe l'entraîna vers la piste de danse. Elle n'avait pas à s'inquiéter, elle savait danser la valse. On lui avait appris à danser à l'Institut, en plus des cours de maintien. Elle posa la main sur le bras de Rafe, sentit la douceur et la fraîcheur de l'étoffe. Les muscles fermes et puissants. Il lui referma le bras autour du dos, l'attirant contre lui.

— Détendez-vous, murmura-t-il doucement.

Comment aurait-elle pu se détendre ? Ils étaient trop proches l'un de l'autre. Lise essaya de se concentrer sur le nœud parfait de la cravate en soie. La jaquette gris clair. La façon dont l'étoffe moulait les larges épaules. Elle leva les yeux vers son visage, ces yeux sombres où couvait une lueur rapace. Les belles lèvres sensuelles esquissèrent un demi-sourire. Elle *pouvait* le faire, se répéta-t-elle avec force. Il lui suffisait de se laisser conduire par son cavalier. Or la pensée de laisser Rafe conduire… Sans savoir où il pourrait l'emmener… Lentement, la sensation voluptueuse se déploya dans son ventre, l'entraînant vers des lieux où elle refusait d'aller. Ranimant les rêves nourris autrefois, d'être enveloppée dans ses bras, de s'offrir à lui. Le rêve, le désir d'être adorée.

Il s'élança, l'emportant avec lui. Ils s'élevaient et retombaient au rythme de la musique, dans une harmonie parfaite. La chaleur du corps viril se propageait dans le sien, la réchauffant au plus profond de son être. Un courant délicieux courut sur sa peau. Lise savoura les effluves frais et piquants, semblables à ceux des forêts, auxquels se mêlait une note plus sombre, une senteur mâle et entêtante qui lui donnait envie de s'abandonner contre Rafe, d'absorber la merveilleuse chaleur. Mais elle ne pouvait pas se laisser aller ainsi. Se fondre en lui. Appuyer sa tête lasse et douloureuse contre le torse puissant et absorber un peu de sa force. Sa décision était prise.

Ses proches avaient perdu la vie à cause d'elle. Elle se dévouerait à la Couronne. Préparerait le pays à se passer de la monarchie. Rien d'autre ne comptait.

Des couples les rejoignirent sur la piste de danse. Le Premier ministre et son épouse. Sara, dansant avec Lance, l'ami de Rafe. L'air… heureuse. Souriant à son cavalier alors que Lise avait maintenant la nausée. La musique redoublait son mal de tête. Un vertige la saisit. Les couleurs se brouillèrent. Elle trébucha.

Rafe s'immobilisa aussitôt, la dévisagea d'un air indéchiffrable, puis l'entraîna un peu à l'écart, sous les regards curieux de trois cents personnes.

— Vous n'avez pas l'air bien.

— Ce n'est rien. Je n'ai jamais aimé la valse, ça tourne trop. J'ai le vertige. Et la journée a été longue.

— Les formalités sont terminées, nous pourrons bientôt nous éclipser. Personne ne s'en étonnera.

Des reflets cuivrés éclairaient les yeux sombres. Un frisson brûlant la traversa. Rafe leva la main et repoussa la mèche rebelle derrière son oreille. La caresse des longs doigts sur sa peau fit naître des étincelles partout en elle.

— Ensuite, vous irez directement au lit.

— Il est encore tôt.

— Vous pouvez bien vous accorder un peu de repos.

Si seulement elle avait pu s'accorder du repos, du plaisir, comme une femme ordinaire. Aller au lit avec son mari. Lise recula d'un pas tandis qu'une chaleur incontrôlable sourdait entre ses cuisses. Elle ne pouvait pas se permettre ce genre d'abandon. Ç'aurait été déshonorer sa famille.

— J'aimerais m'en aller maintenant.

Rafe la dévisagea en silence. Il devait voir les larmes qui menaçaient de couler car rien ne lui échappait. Il lui enlaça la taille comme s'ils étaient un vrai couple et son geste fit rejaillir en elle le désir de s'abandonner. Puis il fit un signe à son ami Lance qui vint vers lui. Ils se serrèrent la main. Lance leur renouvela ses vœux de bonheur. Leur départ fut annoncé. Tout le monde se leva. Les invités s'inclinèrent à leur passage.

La douleur qui lui martelait les tempes s'intensifia encore.

— Quelque chose ne va pas ?

Rien n'allait.

— J'ai mal à la tête. Vous avez raison, je... j'ai besoin de me reposer, dit-elle alors qu'ils s'éloignaient de la salle de réception et se dirigeaient vers leurs appartements respectifs. Ensemble, mais séparés. Chaque pas creusant l'abîme désormais infranchissable. Au lieu d'en être soulagée, Lise souffrait atrocement d'avoir perdu l'homme qu'il avait été. Les émotions formaient une masse confuse qui lui nouait le ventre, lui bloquait la poitrine.

Ils s'arrêtèrent devant la porte de ses appartements. Elle tourna les yeux vers lui. Il était si grand, si imposant. Les battements de son cœur faiblirent, elle craignit de défaillir.

— Vous avez sans doute besoin d'aide pour votre robe.

Bien sûr, les boutons. Il y en avait des centaines.

— J'appellerai quelqu'un.

Rafe inclina la tête de côté.

— Certains comportements sont attendus de nous. Je suis notamment censé vous aider à vous déshabiller.

Elle frissonna, imagina la sensation des longs doigts faisant passer chaque bouton minuscule dans sa bride ultra-fine, exposant petit à petit son dos nu. S'y prendrait-il de façon mécanique, ou lentement ? Il la regardait, les yeux mi-clos laissant entrevoir un éclat brûlant. Il choisirait à coup sûr la lenteur, le supplice sensuel. Ce qu'elle ne pouvait se permettre parce qu'elle était trop faible. Elle avait besoin de dormir une éternité pour restaurer ses défenses.

— Je suis lasse des attentes qui pèsent sur moi. J'ai fait ce que l'on espérait de moi. À présent, c'est terminé.

À en juger par le petit sourire en coin de Rafe, il n'était pas dupe.

— Très bien, je vous laisse vous reposer.

Il prit sa main droite, celle qui portait l'anneau du sacre remis par l'archevêque lors du couronnement, la souleva, inclina la tête et en embrassa le revers. Ses lèvres étaient chaudes et douces.

Lise hocha la tête, il recula. Ils étaient si raides tous les deux, si formels qu'elle eut envie de crier, crier, jusqu'à en avoir la gorge en sang. Son mari se détourna et s'éloigna dans le couloir, sans un regard en arrière.

Rafe entra dans sa chambre et renvoya le valet imposé par le protocole du palais. Il défit sa cravate, la jeta sur le lit. La jaquette et le gilet subirent le même sort.

Ils venaient de se marier et jouaient une comédie ridicule. Lise restait déterminée à le repousser alors qu'elle le désirait. Il en était certain. Ces pupilles dilatées, ces battements de cils dès qu'il s'approchait d'elle et qu'elle le regardait en retenant son souffle. Il aurait pu vaincre ses résistances mais la patience avait été la clé de sa réussite en affaires, et il en avait besoin avec Lise. Il s'était toujours battu pour remporter la victoire, et avec elle, il organiserait un long siège.

Cette perspective aviva la flamme qui couvait en lui. Il avait entamé son plan en ne l'embrassant pas à la cathédrale alors qu'il savait qu'elle s'y était attendue. Il avait vu la déception sur son visage. Leur premier baiser ne serait pas un petit bécot sur les lèvres. Il prévoyait bien mieux, un baiser ardent qui la lierait à lui corps et âme, à la différence de leurs signatures apposées l'une à côté de l'autre au bas d'un document. Et ils auraient des enfants. On se souviendrait de lui comme du premier roturier à avoir occupé le trône.

Lise finirait par le désirer désespérément. Il y veillerait. Il connaissait ses secrets, sa soif de liberté, de reconnaissance, lesquelles étaient encore plus grandes maintenant qu'elle était reine et non plus une princesse solitaire dans sa tour dorée. Il pouvait lui offrir ce qu'elle désirait.

Il avait œuvré pour ce moment depuis l'instant où il l'avait aperçue le soir de son premier bal. Quand il avait été annoncé avant de descendre les marches de marbre. Elle se tenait au bas de l'escalier et avait levé les yeux vers lui, un sourire radieux illuminant son visage. Il l'avait contemplée, fasciné, leurs regards s'étaient croisés, et il avait été foudroyé par un désir abyssal.

Ils avaient été présentés l'un à l'autre, Rafe s'était incliné devant elle. Le sourire irradiait des traits fins de Lise, de toute sa personne. À l'époque, elle était encore la jeune femme naturelle et rayonnante qui avait maintenant disparu, sacrifiée au nom du devoir. Elle ne le connaissait pas mais elle n'avait pas condamné la présence d'un simple roturier.

À ce moment-là, il aurait voulu l'enlever, s'enfuir avec elle pour la sauver de ceux qui n'hésiteraient pas à la piétiner pour arriver à leurs fins. Mais son désir ne l'avait pas empêchée d'être reléguée dans l'une de ces maudites institutions pour jeunes filles. Un établissement où on leur apprenait à n'aspirer à rien d'autre qu'à un mariage avantageux, où l'on cherchait à les transformer en marionnettes dociles. Par miracle, Lise avait réussi à en réchapper. Ce soir-là, il n'y avait rien eu de prudent ou de retenu chez elle.

Dans cet endroit rempli de pâles imitations, elle ressortait comme un joyau unique. Aussi Rafe avait-il attendu. Il était patient. Elle avait besoin de trouver sa place dans le monde avant de se rendre compte que sa vraie place était auprès de lui, dans son lit. Il était suffisamment au fait des machinations du palais pour savoir comment s'assurer du succès.

Aussi, après avoir attendu patiemment que ce jour arrive, il avait dû faire appel à toute sa volonté, toute sa force, pour s'éloigner d'elle. Pour ne pas la prendre dans ses bras et la posséder tout entière.

Il inspira profondément. Ils avaient trois jours de liberté. Donc trois jours pour poser les premiers jalons du siège qui lui permettrait de la conquérir. Trois jours pour l'aguicher, la séduire. Elle viendrait à lui librement et, à la fin, elle le supplierait.

Après avoir ôté les boutons de manchette ayant appartenu à son arrière-grand-père, il les posa précautionneusement sur la commode. Ce précieux héritage lui rappelait le chemin parcouru depuis l'époque où on le traitait avec mépris de *paysan*, de *plouc*. Il avait repris l'entreprise familiale, et leur modeste fortune avait décuplé. Rafe se versa un verre du whisky pur malt qu'il s'était fait apporter et en but une gorgée, savourant la brûlure au goût fumé. Et ravalant en même temps sa colère, principalement dirigée contre lui-même. Ses contrariétés n'étaient rien comparées à la perte qu'avait subie récemment Lise. Même si feu la reine avait été réputée pour sa froideur et son ambition, et feu le roi pour sa propension au libertinage et au vice. Quant au prince héritier, il n'avait pas paru très prometteur, mais très amateur de plaisirs et il aurait sans aucun doute suivi l'exemple de son père. Mais même si Lise se leurrait sur eux trois, ils n'en demeuraient pas moins sa famille.

Aussi devait-il se souvenir qu'elle était abîmée dans le chagrin ; il savait trop bien ce qu'elle traversait pour l'avoir vécu lui-même. Et puisque pour l'instant ils jouaient encore un rôle, il devait assumer celui du mari attentionné et veiller sur elle.

Il souleva le téléphone interne et appela les cuisines. Lorsqu'il eut donné ses instructions, il traversa la vaste chambre, s'arrêta devant la porte qui le séparait de Lise et sourit.

La porte dont il avait maintenant la clé.

4

Debout devant la fenêtre, Lise contemplait la ville pavoisée de drapeaux, de banderoles et de guirlandes de fleurs en l'honneur de son mariage et du couronnement. Elle plissa les yeux, agressée par la lumière encore vive, et avala deux comprimés de paracétamol avec une gorgée d'eau. Elle aurait dû tirer les rideaux, mais depuis la mort de ses parents et de son frère elle ne pouvait s'y résoudre, de crainte de sentir la pièce se refermer sur elle et d'étouffer.

S'allonger lui ferait peut-être du bien. Elle se retourna vers le lit et contempla le ravissant ensemble offert par la couturière pour sa nuit de noces. La chemise de nuit en mousseline de soie couleur ivoire d'une finesse inouïe et aux délicates incrustations de dentelle, le peignoir assorti étendu à côté, transparent et manifestement destiné à laisser entrevoir les formes de celle qui le porterait. Lise était habituée aux vêtements coûteux. Au cachemire, à la soie, aux laines les plus fines et les plus douces. Mais jamais elle n'avait porté à même la peau quelque chose d'aussi sensuel.

Doucement, elle souleva la chemise de nuit ultra-légère par une bretelle. Et si elle l'enfilait ? Pouvait-elle dormir dans une tenue aussi… décadente ? On ne portait pas ce genre d'article pour *dormir*. Un frisson lui parcourut la peau. On le portait pour s'offrir au regard d'un homme. Il était destiné à être effleuré par des doigts appréciateurs, avant d'échouer sur le tapis.

Lise lâcha la chemise de nuit. Ce n'était pas pour elle. Ce magnifique ensemble finirait comme sa robe de mariée. Dans la collection royale, avec les vêtements de sa mère et autres accessoires de mariage, conservés pour la postérité et admirés longtemps après sa mort. Lorsqu'elle et sa famille seraient reléguées dans l'histoire.

L'alliance brillait à son annulaire. Elle la fit tourner entre ses doigts ; elle allait devoir s'habituer à sa présence puisqu'elle la porterait « Jusqu'à sa mort ». L'inscription était gravée à l'intérieur de l'anneau d'or. Lise tressaillit. Cette pensée avait quelque chose de macabre. D'irrévocable. Bien que l'alliance fût de toute beauté. Le large anneau d'or semblait sectionné en deux parties, chacune d'elles étant incrustée de délicates fleurs en émail. Des pensées et des roses. La finesse du travail était remarquable. Si les circonstances avaient été différentes, si elle avait compté pour Rafe, s'ils avaient été amoureux l'un de l'autre, cette bague aurait pu signifier tant de choses. Si, si, si... Lise devait oublier ses rêves romantiques, et avancer.

Un bruit la fit sursauter. Ressemblant au grincement d'une porte que l'on ouvrait rarement. Elle se retourna d'un mouvement brusque, lequel ne fit qu'exacerber la douleur qui lui lancinait le crâne. Elle se posa la main sur la tempe tandis que Rafe franchissait le seuil et s'avançait vers elle

— Que faites-vous ici ? demanda-t-elle d'un ton brutal.

— Bonsoir, Lise.

Il s'était changé. Envolé le gentleman mondain. Devant elle se tenait un homme en pantalon décontracté, les manches de chemise roulées sur les avant-bras musclés. La chemise n'était pas boutonnée, laissant entrevoir la toison brune recouvrant le torse puissant. Tout se raidit en elle, comme si elle se sentait soudain à l'étroit dans sa propre peau. Comme si elle allait exploser tel un papillon émergeant de sa chrysalide.

— Je vous ai posé une question.

La belle bouche remonta au coin, esquissa un sourire... indulgent.

— Toutes mes excuses. Je pensais que la réponse allait de soi. Je suis venu voir ma femme. Bavarder avec elle de cette journée, de la façon dont les choses se sont passées. Quoi de plus naturel pour deux époux le soir de leurs noces ?

Il continua d'avancer dans la chambre, examinant du regard tout ce qui s'y trouvait. Sa présence emplissait tout l'espace. Doucement, il passa le doigt sur le secrétaire en bois de rose. Comme s'il cherchait à y déceler une fissure, une imperfection. Ou un mécanisme secret permettant de l'ouvrir.

— J'ai eu une journée éprouvante, déclara Lise en croisant les bras. Je me suis levée très tôt, je me suis mariée, j'ai été sacrée reine. Maintenant, la journée est terminée. Au revoir.

— Oh non. La journée est loin d'être terminée, répliqua-t-il d'une voix aussi douce, aussi suggestive que l'ensemble étendu sur son lit.

Et que Rafe contemplait à présent sans dissimuler sa fascination.

— Elle l'est pour moi, rétorqua Lise, les joues en feu.

Elle tourna les yeux vers la porte restée ouverte communiquant autrefois avec les appartements de son frère, mais que celui-ci n'avait plus occupés depuis plusieurs années.

— Habituellement, cette porte reste fermée à clé.

Sans s'émouvoir, il glissa la main dans sa poche de pantalon et en sortit une clé.

— J'ai la mienne.

— Comment l'avez-vous obtenue ?

Elle avait demandé qu'il soit installé dans les appartements du roi, le plus loin possible des siens.

— J'ai des amis haut placés.

Ce palais était rempli de traîtres. Rafe s'arrêta devant l'une des grandes fenêtres à meneaux. Elle plissa de nouveau les yeux, incapable de supporter la lumière qui ne faisait qu'amplifier son mal de tête. Les comprimés ne semblaient pas faire effet. Lise aurait voulu s'allonger et dormir pendant trois jours. Mais non, elle devait partir en *lune de miel*.

— Je n'ai pas donné mon autorisation. Rendez-moi cette clé et allez-vous-en, dit-elle en ponctuant ses paroles d'un geste de la main.

Le sourire qui lui répondit avait beau exprimer de la douceur, les yeux sombres avaient pris une teinte orageuse.

— Le mariage implique une certaine... disponibilité.

Elle rougit de nouveau.

— Vous ne pouvez pas faire brutalement irruption chez moi.

— Je n'ai pas fait irruption brutalement. Je suis venu tranquillement, dans un but précis. La prochaine fois, je toquerai à la porte.

— Il n'y aura pas de *prochaine fois*.

— Cela paraîtrait étrange que je n'aie pas accès à toutes les pièces.

Au moment où Lise ouvrait la bouche pour répliquer, on frappa à la porte de son salon. On ne pouvait pas lui ficher la paix ? Elle détestait qu'on frappe à sa porte, maintenant. Elle n'oublierait jamais Albert, le visage livide, franchissant un autre seuil et lui annonçant la funeste nouvelle...

— *Oui !* lança-t-elle en sortant de la chambre.

La porte aux gonds bien huilés s'ouvrit. Une employée entra, portant un plateau sur lequel Lise aperçut une théière et deux tasses.

— Merci, dit Rafe avec un sourire éblouissant qui fit rosir la jeune femme. Vous pouvez vous retirer.

Après avoir posé le plateau sur une table d'appoint, l'employée s'inclina et quitta la pièce.

Rafe souleva la théière en argent sur laquelle étaient gravées les armoiries royales et versa dans les tasses un liquide doré clair dont montait un arôme de plantes.

— Qu'est-ce que c'est ? demanda Lise en fronçant les sourcils.

— Un mélange familial. D'après la légende, cette infusion guérit tous les maux.

Il lui tendit une tasse, prit la seconde et s'assit sur le sofa installé sous l'une des fenêtres. Lise prit place sur une chaise à dossier droit, le plus loin possible de lui. Il but une gorgée du breuvage ; Lise l'imita. Un goût doux et mentholé se déploya sur sa langue et son palais, auquel se mêlaient d'autres arômes qu'elle ne parvint pas à identifier.

— Qu'y a-t-il, dans ce mélange ?

— La recette est un secret bien gardé. Ma mère sait de quoi est fait ce mélange mais elle ne me le dira pas. Elle craint que je le commercialise. Dommage. Je suis sûr qu'il aurait beaucoup de succès.

— Je n'arrive pas à identifier les différents arômes.

Elle n'aurait pas imaginé Rafe buvant ce genre de boisson. À en croire les rumeurs, il avait une prédilection pour le whisky pur malt.

— Je détestais cette chose, quand j'étais enfant. On me forçait à en boire au moindre éternuement. Adulte, cette boisson me rend nostalgique, dit-il en portant de nouveau sa tasse à ses lèvres.

L'espace d'un instant, son regard se perdit au loin, les petites rides auréolant ses yeux se creusant comme si le souvenir qui lui revenait était heureux.

— Ma mère me réapprovisionne régulièrement. Pour m'aider à m'endormir lorsque ma conscience me tient éveillé et me reproche de gagner trop d'argent.

— Vous ? Impossible, vous n'avez pas de conscience.

— J'ai des réserves, poursuivit-il comme si elle n'avait rien dit. Lesquelles sont maintenant stockées dans les cuisines du palais et à la disposition du personnel… Quant à ma conscience, elle est limpide.

Il ponctua ces paroles avec un petit rire de gorge qui fit à Lise encore plus d'effet que le liquide chaud et parfumé contenu dans sa tasse. Elle ignora la sensation.

— Vous avez de la chance.

— Qu'est-ce qu'une femme de vingt-deux ans pourrait bien avoir sur la conscience ? demanda-t-il en inclinant la tête de côté.

S'il savait. Les mots haineux prononcés lors de son ultime conversation avec son père lui revenaient sans cesse.

« Vous pouvez tous aller en enfer. Si vous mouriez, je ne verserais pas une larme… »

C'était sa croix. Elle ne la partagerait pas avec Rafe.

— Qui dit conscience dit regrets, poursuivit-il. Or les regrets sont inutiles. On prend une décision, on s'y tient et on en accepte les conséquences.

Si seulement c'était aussi simple, aussi facile.

— Ainsi, vous n'avez aucun regret et rien sur la conscience ? À vous entendre, vous êtes plus un automate qu'un être humain. Tant mieux pour vous.

— J'ai un seul regret.

Rafe allongea un bras sur le haut du dossier, nonchalamment, comme s'il était chez lui.

— Un regret très humain. Celui de ne pas avoir embrassé une femme ravissante, ajouta-t-il en scrutant son regard.

Le cœur de Lise s'emballa. Elle se sentait fragile et surexcitée à la fois. La sensation était terrifiante. Elle eut le sentiment que Rafe voyait tout ce qu'elle voulait lui cacher.

— Rien d'important, donc, répliqua-t-elle.

— Parfois, il n'y a rien de plus important qu'un baiser.

L'air sembla s'épaissir. Il ne parlait pas d'elle, tout de même ? Non. Il devait faire allusion à une autre femme. Une femme du monde. Une créature passionnée. Une femme avec qui il renouerait après un délai raisonnable. Le type de femme dont il pourrait tomber amoureux. Pas elle. Elle était trop jeune, trop inexpérimentée... Donc pas désirable. Cette prise de conscience fit à Lise l'effet d'un déchirement. La douleur qui lui lancinait le crâne s'intensifia. Elle se massa de nouveau les tempes en s'efforçant de ne plus penser.

— Qu'est-ce qui vous ronge, Lise ?

— Rien.

Rien dont elle puisse lui parler. Même si elle ne voyait pas pourquoi elle se soucierait de l'opinion de Rafe. Elle ne désirait qu'une chose : s'éloigner de lui et du trouble qu'il provoquait en elle. Apaiser les battements de son cœur qui faisaient écho aux coups qui lui martelaient le crâne.

— Rien excepté ce mal de tête infernal.

— Vous devriez veiller à ce que le personnel ne le sache pas. Pas aujourd'hui.

— Que voulez-vous dire ?

— Vous connaissez le prétexte type avancé par les femmes

souhaitant repousser les avances de leur époux. « Pas ce soir, chéri, j'ai la migraine. » Notamment le soir de leurs noces. Le personnel doit pouvoir se livrer à toutes sortes de spéculations sur ce qui se passe ici au cours de ce qui est censé être la nuit la plus heureuse de notre vie.

Lise haussa les épaules.

— Ils penseront peut-être que nous avons mal à la tête tous les deux quand ils réaliseront que ce n'est pas la nuit la plus heureuse ni pour vous ni pour moi, et leurs spéculations s'arrêteront là.

— Je ne suis pas réputé pour mes maux de tête.

— Décidément, vous avez de la chance.

— Ce que beaucoup de gens ignorent..., reprit-il en se penchant en avant, les épaules musclées tendant la chemise blanche, c'est que l'orgasme est un remède reconnu. Par conséquent, un mal de tête ne devrait pas servir de prétexte pour éviter le sexe, mais inciter au contraire à s'y adonner.

Cette façon dont ce mot de quatre lettres, *sexe*, glissait sur ses lèvres. Accentué par sa voix, grave et sensuelle, comme détentrice de mille promesses. Autrefois, Lise ne rêvait que du moment où il pourrait la prendre dans ses bras, lui faire l'amour... Fantasme né de son imagination stupide et naïve, de ses rêves romantiques. Elle n'avait jamais vraiment compté pour Rafe. C'était ce qu'elle représentait qui l'intéressait. Pas ce qu'elle *était*.

— Les hommes utilisent le même discours dans le monde entier, à ce que je vois. Il n'y a rien à dire de plus sur le sujet.

— Sur les maux de tête, ou les orgasmes ?

— Les orgasmes, se força-t-elle à répondre, du ton le plus détaché possible.

— Dommage.

Rafe la dévisagea un instant, les coudes appuyés sur les cuisses.

— L'infusion n'a pas eu d'effet ?

Elle baissa les yeux sur sa tasse.

— Sur mon mal de tête ?

Quelques feuilles restaient au fond. Si quelqu'un pouvait y lire son avenir, que lui révélerait-il ? Rien de bon...

— Oui. Si elle procurait des orgasmes, je serais l'homme le plus riche de la planète au lieu d'être seulement le plus riche d'Europe.

Sur ces paroles, il s'appuya à nouveau en arrière et se noua les mains derrière la nuque, l'air parfaitement à l'aise – et décidément *chez lui*.

— Encore faudrait-il que vous ayez la recette. Ce qui n'arrivera pas, puisque votre mère n'a pas confiance en vous, et moi non plus.

Il laissa retomber ses bras et se redressa sur le sofa.

— Je suis la seule personne en qui vous pouvez avoir confiance, dit-il en étrécissant les yeux. J'aimerais que vous vous en rendiez compte.

Autrefois, elle aurait pu le croire. Plus maintenant.

Lise reposa sa tasse et sa soucoupe sur la table.

— Un homme digne de confiance n'aurait pas feint de s'intéresser à moi, alors que dès le début il avait passé un arrangement pour obtenir ma main. À mon insu.

Elle serra les mâchoires.

— Cette mise en scène était très cruelle.

— Mon intérêt n'était pas feint, déclara-t-il avec force.

Mais sans nier qu'il y avait eu intrigue. Elle ferma les yeux et se pinça l'arête du nez. Les larmes lui brûlaient les paupières.

— Je refuse de poursuivre cette conversation maintenant.

— Excusez-moi, j'essaie d'égayer l'atmosphère alors que vous souffrez. Voulez-vous un antidouleur ?

Elle rouvrit les yeux et le regarda en secouant la tête.

— J'ai pris du paracétamol. La douleur augmente au lieu de diminuer – je ferais n'importe quoi pour m'en débarrasser.

— N'importe quoi ? fit-il en haussant un sourcil brun.

Quelle idiote. Pas n'importe quoi, *presque* n'importe quoi.

Rafe se leva, une expression déterminée sur les traits. Son cœur battit plus vite, plus fort. La gorge nouée, incapable de prononcer un mot, Lise le regarda s'avancer vers elle.

— Pardon, murmura-t-il. La journée a été éprouvante pour vous. C'est pour cela que vous avez mal à la tête.

Il passa à côté d'elle et se positionna derrière la chaise. La chaleur familière lui réchauffa le dos.

— Que faites-vous ? demanda Lise d'une voix étouffée.

— Vous êtes tendue. Je le vois à la façon dont vous êtes assise sur cette chaise. Si ce que je fais ne vous aide pas, j'arrêterai. Si vous le permettez, je vais vous toucher.

Sans attendre son acquiescement, il posa les mains sur ses épaules. Des mains fermes, chaudes. Solides et réconfortantes.

— Vous portez sur vos épaules le poids du chagrin du pays en plus du vôtre. Lâchez prise, oubliez-le.

Quand il appuya les pouces de chaque côté de sa colonne vertébrale, Lise se cambra, ses muscles résistant à la pression.

— Si vous souhaitez que j'arrête, dites-le-moi.

Tout en parlant, il appuya les doigts un peu plus bas. Elle retint un gémissement. Rafe continua de descendre le long des vertèbres, appuyant en faisant des petits cercles, trouvant les zones de tension qu'elle-même aurait été incapable de localiser. Il les travaillait jusqu'à ce que la tension disparaisse. Lise avait eu des séances de massage à l'époque où elle skiait, mais cela n'avait rien à voir avec ce que Rafe lui faisait. Il réussissait à lui faire oublier la douleur, la journée difficile. Elle ne se concentrait plus que sur la pression des doigts sur sa colonne vertébrale.

— Non, murmura-t-elle.

Il écarta aussitôt les doigts.

— Ne vous arrêtez pas.

Lorsque, lentement, il remonta vers le cou, Lise sentit qu'elle s'assouplissait. Comme si elle fondait sous les doigts habiles. Elle pencha la tête en avant et ferma les yeux. La relaxation opérait sur tout son corps tandis que les doigts continuaient inlassablement leur pression tour à tour douce ou profonde. Rafe passa le pouce sur un point de tension particulièrement douloureux.

— C'est là, dit-il.

Lise laissa échapper un long soupir. Quand quelqu'un l'avait-il touchée pour la dernière fois ? Qui s'était soucié de son bien-être ? Pas sa famille, en tout cas.

Les mains chaudes glissèrent sur son cou. Un tremblement parcourut toute sa colonne tandis qu'il promenait délicatement les pouces sur sa peau, cherchant les zones de tension. Ses doigts se concentrèrent sur un point situé à la base du crâne. Qui laissa échapper une plainte ? Elle ? Rafe rit doucement.

— Ça fait du bien, Lise ?

L'intonation avec laquelle il prononçait son prénom... La sensualité de la belle voix grave...

— Si vous ne me permettez rien d'autre, laissez-moi vous offrir cela.

— Oui.

Sa propre voix n'était qu'un chuchotement. Il continua de travailler les tensions et lorsqu'il remonta les doigts sur son crâne et lui renversa la tête en arrière, l'appuyant contre son ventre ferme et musclé, Lise cessa de penser. Les doutes et les peurs s'évanouirent. Les contours de sa vie s'estompèrent. Quand, doucement, il glissa les mains dans ses cheveux, elle aurait pu ronronner comme une chatte. Et quand il lui massa les tempes, elle perdit toute notion du temps.

— S'il vous plaît..., murmura-t-elle.

Son corps avait fondu comme de la cire. Rafe glissa une main sur sa gorge et la referma sur sa mâchoire. Il se pencha, son souffle chaud lui caressa la joue.

— J'exaucerai tous vos désirs, lui murmura-t-il à l'oreille.

Lise ne savait pas ce qu'elle désirait. Qu'il s'arrête ? Qu'il continue ? Ses mamelons s'étaient durcis sous son haut. Elle désirait que Rafe glisse les mains sur sa poitrine, en chasse la souffrance avec ses doigts de magicien.

— Vous n'avez qu'à le demander, Lise.

Les lèvres chaudes et fermes effleurèrent sa peau, juste derrière l'oreille. L'infime caresse suffit à l'embraser tout entière.

Tout. Il était prêt à tout lui donner... Hélas, c'était impossible. Lise rouvrit les yeux, battit des paupières. Elle se raidit. Rafe n'avait *rien* à lui offrir.

— J'aimerais que vous arrêtiez, maintenant, dit-elle d'une voix rauque, peinée.

Il cessa. Instantanément. Lise se détesta d'éprouver aussitôt une sensation de manque. De vide. Elle aurait été prête à se jeter dans ses bras, à l'accueillir dans son lit. Rafe réapparut devant elle et la regarda. Il était si fort, si solide.

— Bien sûr, dit-il d'un ton neutre. Vous êtes épuisée et je suis égoïste. Vous avez besoin de pénombre, d'un bon oreiller et de sommeil. Je vais appeler les cuisines et demander que l'on vous apporte votre dîner.

Il lui effleura la joue du revers de la main. Maudit soit-il avec sa voix douce, sa compréhension. Parce qu'elle brûlait de s'y abandonner. Quand il lui caressa de nouveau la joue, elle ferma les yeux pour ne plus voir l'insupportable tendresse qui se lisait dans son regard.

— J'espère vous avoir fait un peu de bien, Lise.

L'instant d'après, elle entendait la porte se refermer. Il la laissait tranquille, ainsi qu'elle le lui avait demandé. Mais, pire que la douceur dont il avait fait preuve à son égard. Pire que son propre abandon. Pire même que le terrible sentiment de perte et de manque qu'elle ressentait maintenant...

Rafe lui avait fait tellement de bien que son mal de tête atroce avait complètement disparu.

5

Rafe avait rêvé d'elle toute la nuit. Dans ses songes, elle s'avançait vers lui vêtue du peignoir transparent aperçu sur le lit, laissant entrevoir des zones d'ombre qu'il brûlait d'explorer. Il avait eu des visions ensorcelantes de son corps allongé sur des draps immaculés, nu et offert.

À présent, elle était assise à côté de lui tandis qu'ils roulaient en direction du chalet. Il humait son parfum délicieux, semblable à celui des fleurs sauvages après la pluie. Dans cet espace confiné, tout en elle représentait une tentation et y résister équivalait à un supplice. Les cheveux dorés qui avaient glissé entre ses doigts comme des fils de soie. Cette douceur de femme dans laquelle il brûlait de s'enfouir. Les petits gémissements qu'il réentendait sans cesse. La façon dont elle avait fondu sous ses doigts.

La veille au soir, elle l'avait désiré, Rafe en était certain. Et il lui suffisait d'y penser pour bander comme un fou.

Il enraya impitoyablement ces fantasmes. Durant leurs trois jours de liberté, il s'agirait pour Lise d'entretenir le mythe du couple uni aux yeux du public ; pour lui, c'était bien davantage. D'où le choix de prendre le volant, au lieu de trôner à l'arrière d'un véhicule officiel avec chauffeur et pavillon royal flottant au vent. Une équipe d'agents de sécurité les suivait, bien sûr, mais à distance respectueuse ainsi qu'il l'avait exigé, coupant court à leurs protestations. Lise devait se souvenir qu'elle était avant tout une femme ayant des besoins et des désirs. Qu'elle pouvait s'offrir des plaisirs tout simples sans se sentir coupable.

— Vous sentez-vous mieux, aujourd'hui ? demanda-t-il.

Ils n'avaient pas pris le petit déjeuner ensemble. Elle avait tardé à se manifester, et Rafe n'avait pas voulu la déranger. Mais lorsqu'elle était montée en voiture, il avait remarqué les cernes soulignant ses yeux.

— Oui, merci, répondit-elle en tournant brièvement la tête vers lui. Où allons-nous ?

Il lui avait dit que c'était une surprise et, à en juger par l'expression qui avait traversé son regard, elle n'aimait pas trop les surprises. Il aurait pu l'emmener dans le manoir qu'il avait acheté quelques années plus tôt, à proximité du lac de Morenberg. Le type de demeure stylée que tout Lauritanien fortuné se devait de posséder, mais où lui-même séjournait rarement. Au lieu de cela, il l'emmenait là où il avait grandi.

— Dans la première maison où j'ai vécu.

Le chalet construit par son arrière-grand-père pour sa femme. Là où son père était né. Où Carl... Rafe refoula la souffrance qui remontait en lui. Ces émotions le rendaient vulnérable.

— Mes grands-parents l'ont donnée à mes parents le jour de leurs fiançailles. C'est un endroit très paisible. J'ai pensé que vous aimeriez passer quelques jours loin de la capitale.

Et retrouver la liberté d'être elle-même. De se laisser aller.

Il l'imagina s'abandonnant, totalement. Le corps mince et souple s'offrant à la passion, à sa possession. Il y arriverait. Il la prendrait lorsqu'elle se donnerait à lui et la garderait pour lui seul. Lise le regarda. Il s'autorisa à quitter un instant la route des yeux et fut frappé par l'innocence qui se lisait dans les yeux bleus.

— C'est... gentil de votre part.

Pas si gentil que cela puisque le but du jeu était de l'avoir dans son lit. De lui faire oublier les promesses auxquelles elle s'était persuadée de croire lorsqu'ils avaient mis au point leur arrangement. Du moment qu'il pouvait la convaincre qu'elle menait le jeu, il arriverait à ses fins. Parce que, là où ils allaient, elle ne pourrait pas le fuir. Le chalet était confortable mais petit. L'endroit parfait pour une lune de miel. Bien que Rafe ne soit pas certain que Lise approuve ce choix. Au début, du moins.

— Nous allons faire un arrêt avant d'arriver à destination.

Il dépassa le croisement sans prendre la route conduisant au chalet et continua de rouler, traversant des pâturages où paissaient quelques vaches, jusqu'à la lisière de la forêt. Il ralentit et se gara sur l'accotement couvert de gravier. Le 4x4 de la sécurité s'arrêta aussitôt, mais Rafe leur avait interdit de les suivre dans la forêt. Les agents avaient protesté de plus belle, mais en vain. Lise avait besoin d'oublier qu'elle était reine. Et – ce qu'il avait eu du mal à faire comprendre à l'équipe de sécurité – il veillerait sur elle bien mieux qu'eux n'auraient pu le faire. Ils se trouvaient sur *sa* terre, *chez lui*. Il régnait sur ces montagnes, il était le roi, ici, bien avant que la couronne de Lauritania fût posée sur sa tête.

Lorsque, descendu de voiture, il ouvrit la portière de Lise, elle demanda à nouveau où ils allaient puis descendit à son tour. Rafe contourna le véhicule et sortit du coffre un petit seau et un couteau tandis qu'elle l'observait en se mordillant la lèvre, un petit pli creusant son front lisse.

— Cueillir des champignons, répondit-il en souriant tandis qu'ils s'avançaient côte à côte sous les épaisses frondaisons.

L'air automnal était chargé d'effluves boisés. Le temps ralentit. Rafe pouvait voyager dans le monde entier, séjourner dans l'une ou l'autre de ses luxueuses propriétés, mais il n'était chez lui qu'ici. Avec Lise à ses côtés, c'était encore plus vrai, réalisa-t-il avec stupeur.

— Vous avez déjà cueilli des champignons ?

Elle secoua la tête.

— Cela m'aurait amenée à me salir, ce qui aurait été inadmissible.

— Pas de pâtés de sable non plus, alors ?

— Ne soyez pas ridicule, protesta-t-elle.

Mais avec néanmoins l'ombre d'un sourire qu'il prit pour une victoire.

— Je suis prêt à vous offrir de nouvelles expériences. Commençons par la cueillette des champignons. Les pâtés de sable, ce sera pour plus tard.

Lise éclata de rire, et le son merveilleux de ce rire monta jusqu'aux cimes des arbres. Rafe ne l'avait plus entendu depuis leurs promenades dans les jardins du palais, avant que la famille royale intervienne et gâche tout.

— Un peu plus loin, il y a un ruisseau où nous allions jouer, Carl et moi. Nous rentrions couverts de boue, avec des grenouilles et de la mousse. Si vous...

— Qui est Carl ?

Il s'était oublié et avait mentionné le nom de son frère. S'il ne se surveillait pas, il risquait de s'égarer. Et devenir vulnérable.

La perte de Carl avait été retournée contre lui autrefois, par de plus riches et plus puissants que lui. Rafe ne permettrait jamais que cela se reproduise. De toute façon, personne n'était plus riche ou plus puissant que lui à Lauritania. Plus maintenant. Mais il ne prononçait jamais le nom de son frère. Les seules fois où il parlait de Carl, c'était au sein de la famille, ou avec Lance quand ils avaient bu trop de whisky.

— Rafe ?

Elle attendait une réponse. Il ne lui mentirait pas mais ne pouvait lui répondre, aussi continua-t-il d'avancer, accélérant légèrement le pas et s'enfonçant plus profondément dans la forêt. Ça grimpait un peu, à présent, et Lise portait de jolies chaussures faites pour les couloirs d'un palais, pas les sous-bois. Elle trébucha et glissa sur les feuilles mortes. Rafe lui prit la main pour l'empêcher de perdre l'équilibre. Il tira légèrement et elle fut dans ses bras. Il savoura la douce pression du corps mince contre le sien tandis qu'elle posait les paumes sur son torse.

Les yeux bleus brillaient comme des topazes. Il adorait la sentir ainsi contre lui. Entendre son souffle précipité. Voir ses pupilles se dilater. La brise faisait bruisser doucement les feuilles ocre au-dessus de leurs têtes. Il aurait pu l'embrasser. Mais il voulait le faire ailleurs, dans un endroit où ils ne se contenteraient pas de s'embrasser. La forêt n'était pas l'endroit idéal. Quoique, avec une couverture...

Lise se dégagea, frotta les paumes sur son jean noir comme pour effacer toute trace de leur étreinte fugace. Toute trace de lui. Une petite douleur sourde lui traversa la poitrine.

— Savez-vous ce que nous cherchons ? demanda-t-elle sans le regarder.

Elle avait oublié sa question concernant Carl. Rafe sourit parce que ce qu'il cherchait vraiment se trouvait devant lui, dans toute sa beauté.

— Oui. Des cèpes.

Sur ces mots, il se détourna et s'avança tandis qu'elle s'efforçait de rester à sa hauteur.

— Vous ne risquez pas de nous empoisonner ?

Elle avait si peu confiance en lui. Peut-être se méfiait-elle de tout le monde. Il s'attacherait à changer cela. En ce qui le concernait, en tout cas.

— Vous pouvez vous fier à moi – je suis venu en cueillir ici des centaines de fois. C'est vous qui risquez de cueillir les vénéneux. J'ai intérêt à vous surveiller.

Rafe scruta le tapis de feuilles mortes entourant le pied des arbres. Un cèpe. Il sortit son couteau et coupa le pied. Ce simple geste lui procura le même frisson qu'autrefois lorsque, enfant, il avait trouvé son premier champignon comestible.

Quand il souleva le cèpe, Lise sourit, et ce fut comme si le soleil s'introduisait au milieu de la forêt. Chaud, éblouissant.

— À votre tour, dit-il en lui tendant le couteau.

— Où dois-je regarder ?

Il lui montra. Elle paraissait plus calme. La tension avait disparu de son visage. Sans doute parce qu'elle aussi se sentait chez elle dans les montagnes.

Ils cherchèrent en silence. Rafe sourit. Elle avait l'air si concentrée... Soudain, elle poussa un petit cri étouffé.

— Là ! dit-elle en se penchant pour écarter les feuilles précautionneusement, comme si elle déterrait un trésor.

Se rapprochant d'elle, il contempla sa trouvaille et se frappa la poitrine de la main.

— Vous voulez nous tuer !

Une petite moue déçue se dessina sur les lèvres de Lise.

— Je plaisantais ! s'exclama-t-il en riant. Il est parfait.

— Ce n'est pas un champignon vénéneux ?

— Non.

Elle lui donna un coup de poing dans l'épaule en souriant. Pour la première fois depuis des semaines, elle paraissait jeune et heureuse.

— Vous êtes méchant.

— C'est vous qui avez commencé, répliqua-t-il en lui tendant le seau. Allez, on continue. Il en faut plus pour le dîner.

— Qui fait la cuisine ?

— Moi.

Elle se tourna vers lui et le regarda comme si elle le voyait pour la première fois.

— Vous savez cuisiner ?

— Comment me nourrirais-je, sinon ?

— Je ne sais pas, répondit-elle en haussant une épaule ronde. Vous pourriez aller au restaurant. Avoir un chef privé.

Sa mère avait été catégorique. Elle estimait que ses garçons *devaient* savoir se nourrir eux-mêmes. Adolescent, Rafe avait bien essayé de résister, mais elle l'avait traîné de force à la cuisine. Et il lui en était reconnaissant parce que, grâce à elle, il savait préparer quelques plats.

— On ne peut pas toujours consommer de la cuisine gastronomique. Un plat fait maison de temps en temps, ça fait du bien.

Elle le dévisagea en écarquillant les yeux, l'air suffoquée.

— Je ne sais pas à quoi ça ressemble.

— Eh bien, la soirée sera riche en nouvelles expériences.

Les joues claires rosirent, ne laissant aucun doute sur la nature des nouvelles expériences auxquelles elle songeait.

La voiture de sport roulait de nouveau sur la route, leur précieuse cargaison entreposée à l'arrière et dégageant une odeur forte mais pas désagréable. Dans cette petite forêt, sous le couvert des grands arbres, Lise avait eu l'impression de respirer librement. L'étau qui lui enserrait en permanence la poitrine s'était enfin écarté. Comme si la proximité des montagnes avait le pouvoir d'atténuer ses problèmes.

Elle tourna les yeux vers Rafe qui négociait avec adresse un virage dangereux. Les troupeaux passeraient bientôt sur cette route, redescendant des alpages vers les fermes. Les mains aux longs doigts posées sur le volant étaient détendues. Les avant-bras musclés dorés par le soleil. Ces bras l'avaient enveloppée quand elle avait glissé sur les feuilles humides. Elle s'était sentie chérie et en sécurité. Le souvenir de cet instant déferla sur elle, la réchauffant comme le soleil d'automne qui se répandait à travers le pare-brise. Lise laissa échapper un soupir...

— Nous sommes presque arrivés.

Il avait mal interprété son soupir. Tant mieux. S'il en avait deviné la vraie raison, il s'en serait à coup sûr servi contre elle.

Après un virage, la route devint plus étroite et Lise aperçut bientôt, niché au milieu d'un jardin, un chalet à un étage coiffé d'un toit en bardeaux de bois. Avec ses murs blanchis à la chaux sur lesquels ressortaient les croisillons en bois foncé et le petit balcon haut perché, il ressemblait à une maison en pain d'épice, songea Lise en voyant de la fumée monter lentement d'une cheminée.

— C'est tout à fait charmant.

Rafe sourit et se gara à l'arrière de la maison, à côté d'un autre bâtiment. Une grange, probablement.

— Le chalet est très vieux et un peu bancal, mais ça a toujours été ma maison.

Il sortit leurs bagages du coffre. Lise empoigna le seau de champignons et le suivit tandis qu'il se dirigeait vers une petite porte. Il l'ouvrit, puis traversa une buanderie qui débouchait sur une cuisine lumineuse.

— Vous venez souvent ici ? demanda-t-elle en posant le seau sur un banc rustique.

La maison semblait habitée, les surfaces en bois étaient cirées, aucun grain de poussière nulle part.

— Lorsque je ne voyage pas, je viens ici le plus souvent possible.

Étonnant. La plupart des Lauritaniens fortunés vivaient autour du lac, ou à proximité de l'une des stations de ski à la mode. Cette partie du pays était connue uniquement pour ses alpages et ses exploitations agricoles.

— C'est très éloigné de la capitale.

Il rit, de ce rire viril et profond qui ébranlait Lise au plus profond de son être.

— J'aime la solitude. Et puis, j'ai fait construire un héliport derrière la grange. Lorsque je manque de temps, je viens en hélicoptère.

Nouvelle surprise. À chacune de leurs rencontres, ils n'avaient parlé que d'elle. Que lui cachait encore son mari ?

— Nous aurions pu venir en hélicoptère, alors ?

— Bien sûr, mais la route est belle et j'ai pensé que vous l'apprécieriez. La prochaine fois, nous prendrons l'hélicoptère. Si vous me faites confiance.

Le fait qu'il ait choisi de venir par la route pour lui faire plaisir lui fit chaud au cœur. Elle aimait qu'il s'occupe d'elle. Physiquement aussi. Mais elle ne devait pas succomber à ce genre de tentations. Ç'aurait été trop dangereux. Elle ne pouvait pas lui faire confiance. Elle se méfiait de tout le monde, désormais. Y compris d'elle-même.

— Venez. Je vais vous montrer votre chambre.

Lise le suivit à l'étage, où le plafond épousait la forme du toit. Rafe posa son sac de voyage devant une porte puis en ouvrit une autre et l'invita à entrer dans la pièce.

Du feu crépitait dans l'âtre d'une cheminée de pierre. Le soleil passait par la porte-fenêtre du petit balcon qu'elle avait remarqué en arrivant. La pièce dégageait une atmosphère chaleureuse et accueillante. Un magnifique lit à baldaquin dominait l'espace, avec un gros édredon brun clair. Un beau tapis recouvrait en partie le plancher. Lise contempla avec envie le canapé en velours bleu paon faisant face à la cheminée. Elle aurait aimé s'y laisser tomber et ne plus jamais se relever.

La chambre avait néanmoins un côté résolument masculin. Mobilier solide aux lignes pures et teintes sobres : bruns, noir et gris sur lesquels ressortait le canapé bleu. C'était la chambre de Rafe. Elle se retourna et vit qu'il l'observait, l'épaule appuyée contre le chambranle.

— Je ne peux pas m'installer dans cette chambre, c'est la vôtre.

Comment aurait-elle pu dormir là ? Dans son lit. Les battements de son cœur s'accélérèrent. Elle avait besoin de prendre ses distances par rapport à lui, pas d'occuper son espace.

— Elle est plus confortable que l'autre et a sa propre salle de bains, répliqua-t-il avec un haussement d'épaules.

— Je peux marcher jusqu'à la salle de bains. Si j'ai survécu à l'École des Princesses, je peux survivre à cela.

Il haussa un sourcil et sourit, de ce lent et chaud sourire qui produisait en elle des effets compliqués sur lesquels elle refusait de s'appesantir.

— L'École des Princesses ?

— L'Institut pour jeunes filles. C'était...

Abêtissant, déprimant, démoralisant.

— ... austère. Je partageais ma chambre avec une autre fille et nous avions une salle de bains pour deux.

— Étrange. J'aurais pensé à un environnement princier, avec chocolat chaud et marshmallows grillés, savourés en complotant pour séduire de riches époux.

— Les complots visant à nous trouver de riches époux existaient, en effet. Ainsi que les cours d'arrangements floraux, d'arts de la table, de maintien, destinés à faire de nous de parfaites ladies. Autrement dit, on nous apprenait à sauver le monde. Exactement ce dont j'avais besoin pour me préparer à mon futur rôle de souveraine...

Lise éclata d'un rire qui tenait plutôt du ricanement hystérique.

— C'est le rire de la parfaite lady ? demanda Rafe avec un sourire taquin.

— Exactement ! acquiesça-t-elle en riant de plus belle.

Mais sans joie. Avec amertume. Parce que ces douze mois ne l'avaient préparée à rien. Ni à la mort de sa famille ni à son nouveau rôle de leader. Elle rit jusqu'à se retrouver pliée en deux et que le rire se transforme en hoquets convulsifs.

Lise ne pouvait endiguer la souffrance qui la submergeait. Elle enfouit son visage dans ses mains pour tenter de se calmer. Étouffer les sanglots qui montaient de sa gorge.

Elle n'avait pas entendu Rafe traverser la pièce. Ses bras puissants se refermèrent sur elle, l'attirant contre son torse. Elle appuya le visage contre sa poitrine, s'efforçant en vain de contenir les larmes qu'elle ne s'était jamais autorisée à verser devant lui. Refoulant la tristesse en tâchant de contrôler sa respiration. Parce que son pays comptait sur elle, sur sa force, et qu'elle n'avait pas droit au répit. Et pourtant, elle s'agrippait à la chemise de Rafe comme si sa vie en dépendait.

— Lise, murmura-t-il doucement.

Non, elle ne méritait pas son réconfort, mais elle ne pouvait pas le lâcher. Sinon, elle aurait risqué de se noyer, emportée par les flots de chagrin, et ne jamais remonter à la surface. Rafe la tint serrée contre lui jusqu'à ce que sa respiration redevienne régulière et que les larmes aient cessé de couler. Lise garda la tête appuyée contre le torse chaud et ferme. Bercée par les battements du cœur de Rafe tandis qu'il lui caressait les cheveux. Il ne prononça pas un mot, se contentant de la tenir. C'était trop facile de rester en sécurité dans les bras puissants, de laisser la chaleur virile réchauffer son corps glacé. De s'imprégner de lui.

D'espérer des choses auxquelles elle n'avait pas droit.

Quand elle s'écarta, il desserra son étreinte, l'air inquiet, tandis qu'elle se frottait les yeux pour essuyer les dernières larmes.

— Je vais bien. Vraiment.

Incapable de soutenir son regard, Lise se détourna vers la

porte-fenêtre donnant sur le balcon et se concentra sur la vue. Sur la route étroite qui conduisait à une petite église nichée au fond de la vallée. Sur n'importe quoi plutôt que de regarder Rafe.

Elle sentit sa chaleur derrière elle. Il lui posa les mains sur les épaules. Lui massa doucement le cou avec les pouces. Des frissons lui parcoururent le dos et les bras.

— Il n'y a rien de mal à ne pas aller bien. Vous avez vécu un calvaire. Prenez le temps de faire votre deuil pendant que vous êtes ici. Personne n'est là pour vous regarder.

Ce qu'il ignorait, c'était qu'elle s'était *infligé* ce calvaire. Lise le repoussa d'un haussement d'épaules. Elle n'avait pas droit à sa compassion ni au bien-être qu'il avait le pouvoir de lui procurer.

— Le temps est un luxe que je ne peux m'offrir.

— Vous avez un pays à diriger. Et vous vous épuisez. On ne vous en remerciera pas.

Rafe vint se placer devant elle, leva les mains et les referma sur son visage.

— Demander de l'aide n'est pas un aveu de faiblesse. Il faut de la force pour reconnaître que l'on ne peut agir seul.

Elle avait besoin d'aide. De quelqu'un sur qui se reposer. Quelqu'un qui lui permette d'être elle-même. Pas une femme brisée. Pas une reine. Seulement Lise.

Rafe lui offrait d'être ce quelqu'un, et dans une partie d'elle-même, au plus secret de son cœur, elle désirait qu'il le soit. Or ce désir, cette tentation, étaient terriblement dangereux.

Parce qu'il était le dernier en qui elle devait avoir confiance.

6

Assise dans l'herbe, Lise contemplait la vallée au fond de laquelle se dressait l'église aperçue depuis le chalet, au centre d'un petit village. Elle remonta ses jambes contre sa poitrine et soupira. Elle avait tenté d'appeler Sara, pour vérifier que son amie allait bien et essayer de lui parler des émotions contradictoires qui la tourmentaient, mais elle était tombée sur la boîte vocale apparemment saturée.

Elle se laissa tomber sur le dos et étendit les bras en croix. Le ciel s'assombrissait lentement et l'air se rafraîchissait. Elle aurait dû prendre le temps de se changer et mettre quelque chose de plus chaud avant de quitter le chalet. Mais la perspective d'aller se promener librement, sans but, avait été trop tentante. Depuis qu'elle était reine, elle avait toujours un emploi du temps à respecter. Un programme. Lise ferma les yeux et se concentra sur la douceur de l'instant. Sur le tintement musical des clarines qui résonnait au loin, les brins d'herbe qui lui chatouillaient les doigts. La caresse de la brise sur ses joues.

La sensation d'une présence lui fit soulever les paupières et tourner les yeux.

Rafe. Il traversait la prairie et s'avançait dans sa direction. Lise se redressa sur son séant.

— Hello, la Belle au bois dormant. Je vous ai réveillée ?

Il sourit, et toute la fraîcheur du soir disparut dans la chaleur de son regard.

— Je ne dormais pas, et aucun prince ne m'a embrassée...

Qu'avait-elle dit ? Un éclat mordoré traversa les yeux sombres.

— Cela aurait pu s'arranger, mais vous auriez dû vous contenter d'un roi au lieu d'un prince charmant.

— Ce serait dénaturer le conte.

Lise regarda la bouche de Rafe, ce fut plus fort qu'elle, et se demanda de nouveau comment ce serait de l'embrasser, juste une fois. Pour de vrai, pas seulement en rêve.

— Vous êtes reine, vous pouvez écrire le vôtre.

— Je crains hélas que ce soit impossible, dans la vraie vie, répliqua-t-elle en secouant la tête.

— La vie n'est jamais que ce que l'on en fait.

Il la dévisagea un instant en silence.

— Puis-je m'asseoir à côté de vous ?

— Je vous en prie.

Avec sa grâce habituelle, il s'assit en tailleur à côté d'elle puis se mit à cueillir des brins d'herbe et des fleurs.

— Vous avez trouvé l'un de mes endroits préférés, dit-il en désignant la vallée. C'est dans cette église que mes ancêtres se sont mariés... et qu'ils sont enterrés. J'ai commencé à aller à l'école dans ce village.

— Et maintenant vous n'êtes plus seulement le roi de cette vallée mais de tout le pays.

— Cet endroit est mon vrai chez-moi, dit-il avec un petit sourire en coin. J'ai toujours pensé que j'étais le roi, ici. On se sent invincible, quand on est jeune.

Elle se concentra sur le paysage. Parce qu'elle ne pouvait rester indifférente à la proximité troublante de Rafe. Sa présence produisait un effet dévastateur sur ses sens. Elle brûlait de s'appuyer contre lui, de s'imprégner de sa force.

— Étrangement, c'est plus facile de penser, ici, dit-elle.

Non seulement elle avait les idées plus claires mais elle respirait plus librement.

— Et à quoi pensez-vous ?

S'abandonner dans les bras de son mari lui était interdit mais elle pouvait peut-être partager certaines des craintes qui la hantaient ? Il l'avait toujours *écoutée*. Avec une attention qu'elle avait crue sincère. Lise se pencha et cueillit un long brin d'herbe qu'elle s'enroula autour du doigt.

— Comment suis-je censée gouverner alors que personne ne m'a jamais appris à le faire ? Mon rôle était purement décoratif. Le nouveau rôle qui m'est imparti ne consiste pas seulement à sourire et à couper des rubans.

Elle jeta le brin d'herbe flétri et serra les genoux contre sa poitrine. D'autre part, elle n'envisageait pas seulement de diriger le pays mais de le faire avancer vers un avenir où rois et reines appartiendraient au passé. Jamais plus personne ne serait forcé d'assumer un rôle auquel il n'aspirait pas, pour la seule raison que sa naissance l'y prédestinait. Aucune femme ne serait plus jamais forcée de se marier...

— Ne dites pas cela, répliqua Rafe avec assurance. Vous n'avez peut-être pas été préparée à ce nouveau rôle mais vous vous êtes *entraînée*. À repousser la douleur et la peur, pour gagner. N'oubliez pas le ski. Vous étiez pressentie pour participer aux championnats d'Europe. Cela montre une force et un engagement singuliers. Tout le monde n'a pas cette détermination. Vous, vous l'avez en vous, et personne ne peut vous la prendre.

— Cela paraît si facile, à vous entendre.

— Pouvez-vous me citer une compétition qui soit *facile* ?

Lise secoua la tête. C'était épuisant, exaltant et terrifiant, mais jamais facile.

— Vous voyez...

Elle tourna les yeux vers Rafe et regarda ses longs doigts qui tressaient une couronne d'herbe et de fleurs sauvages.

— Qu'est-ce que c'est ?

— Autrefois, j'étais chargé de faire des guirlandes pour les vaches, dans le cadre de notre festival d'automne destiné à fêter leur retour des alpages.

— Vous fabriquez cette couronne pour une vache ?

Le rire chaud qui jaillit de ses lèvres ruissela dans les moindres cellules du corps de Lise.

— Si je suis le roi de ces montagnes, il me faut une reine.

Il glissa un dernier brin d'herbe sous un autre et lui posa doucement la couronne sur la tête.

— Et je l'ai trouvée.

Quelque chose se rompit en elle. La couche de vernis dur entourant son cœur se craquela, l'émotion menaçant de déborder et de se déverser en elle. Une émotion dangereuse ressemblant à de l'espoir.

— Elle est tellement plus légère que la vraie.

Rafe inclina la tête de côté et plongea son regard dans le sien.

— Vous portez bien les deux, Lise. Ne l'oubliez jamais.

Au-dessus de son épaule, une étoile scintilla dans le ciel. Lise ne s'était pas aperçue que le soleil avait disparu à l'horizon. Il y avait quelque chose de magique dans cet instant et elle aurait voulu que le temps s'arrête. Qu'il ne reste plus qu'eux deux assis là. Rafe et Lise. Roi et reine des montagnes. Le crépuscule tombait, la brise se faisait plus âpre. Elle frissonna.

— Venez, dit Rafe en se levant.

Il lui tendit la main. Elle la prit et en savoura la chaleur tandis qu'il l'aidait à se relever. C'était si simple, d'aller vers lui. De reprendre le chemin du chalet main dans la main, comme un vrai couple.

— Il se fait tard, et le chemin a beau être bien entretenu, se balader dans les montagnes peut être dangereux une fois la nuit tombée. Et puis, j'ai le dîner à préparer.

Dès qu'ils entrèrent dans le chalet, il lui lâcha la main. Sa chaleur lui manqua aussitôt. Le sentiment de sécurité. Il ôta ses chaussures et les laissa à côté de la porte puis s'avança dans la cuisine. Les casseroles en cuivre étaient suspendues au plafond, à côté de bouquets d'herbes aromatiques et de chapelets d'ail. Rafe déboucha une bouteille de vin, en versa dans un verre qu'il fit glisser vers Lise sur le plan de travail, puis dans un second qu'il leva pour porter un toast :

— À la vie simple. À la bonne nourriture, au bon vin et à la bonne compagnie.

Elle prit son propre verre et le leva, avant de boire une gorgée de vin blanc, bien frais et odorant.

— Eh bien, nous avons le bon vin. Il est excellent.

— Ma toute dernière acquisition, dit-il en inclinant la tête.

— Mais il provient du plus vieux domaine viticole du pays.

Ils étaient réputés dans le monde entier et avaient gagné toutes sortes de médailles.

— Pourquoi ont-ils vendu ?

Rafe croisa les bras, le geste faisant ressortir ses biceps.

— Ils croulaient sous les charges administratives, ne recevaient aucune aide du gouvernement et subissaient la concurrence des importations à bon marché. Aucun soutien n'a été apporté aux entreprises qui ont rendu notre pays célèbre. Elles sont rachetées par des sociétés étrangères. Je lutte pour enrayer ce processus. Nous pourrions peut-être y travailler ensemble ? Revigorer l'économie ?

— De quoi souffre-t-elle ?

Son père ne lui en avait jamais parlé, sans doute parce qu'il jugeait cela inutile. Et depuis son couronnement, personne ne lui en avait parlé non plus.

— Les gens se sont laissé bercer par la complaisance et l'autosatisfaction. Il est temps que vous les secouiez.

Il inclina légèrement la tête et plissa les yeux.

— Mais assez parlé de cela. Concentrons-nous sur le présent – nous avons le bon vin, la bonne compagnie. Il ne nous manque plus que la bonne nourriture.

Sur ces paroles, il saisit une planche en bois suspendue à un crochet, la posa devant Lise, ainsi qu'un couteau et une jatte en terre cuite remplie de cèpes.

— Je les ai nettoyés à la brosse. Coupez-les en tranches et ce sera bientôt prêt.

Il avait éludé sa question, mais elle comptait bien obtenir des réponses et des explications plus tard.

— Que nous proposez-vous ? demanda-t-elle en se mettant au travail.

— Pas un plat raffiné comme ceux que nous prépare le chef du palais. Quelque chose de plus basique.

— Je vais vous confier un secret, dit Lise en reprenant une gorgée de vin. C'est exactement ce genre de plat que j'aimerais savoir cuisiner.

Rafe haussa les sourcils.

— On ne vous a pas appris cela à l'Institut pour jeunes filles de bonnes familles ? Tout le monde devrait savoir se faire à manger. C'est élémentaire, d'après moi.

— En plus des arrangements floraux et du placement correct des couverts, je suis experte en matière de plats extravagants, comme la bombe Alaska et les crêpes Suzette. Alors, si j'ai envie de manger autre chose que des desserts extravagants durant le reste de ma vie, je suis perdue.

— Pas avec moi. Je ne vous laisserai pas mourir de faim, dit-il en brandissant une spatule en bois.

Il était toujours beau, quoi qu'il fasse, mais quand il souriait, Rafe était d'une beauté dévastatrice.

— Vous êtes mon sauveur. Dans un palais dont les cuisines sont remplies de chefs, vous serez le seul à accepter de me faire un œuf poché si je le souhaite.

Après avoir mis du beurre dans une poêle et attendu qu'il soit fondu et grésille doucement, il ajouta quelque chose qui ressemblait à des morceaux de viande. Lise lui tendit le récipient contenant les cèpes coupés en tranches fines et il les versa dans la poêle avec un oignon qu'il avait déjà haché.

— Je crains de vous décevoir. Je n'ai jamais réussi à pocher un œuf. Le sauté de veau aux champignons est plus dans mes cordes.

À sa grande surprise, Lise se rendit compte qu'elle mourait de faim. Ce qui ne lui était pas arrivé depuis bien longtemps. Elle reprit son verre de vin tandis que Rafe versait un peu du sien dans la poêle et remuait le tout.

— Impressionnant, dit-elle.

Elle ne mentait pas. Rafe l'impressionnait, à tous égards. Il régnait aussi dans la cuisine. De la même façon qu'il régnait sans aucun doute dans une salle de réunion. Elle le regarda. En jean et chemise décontractée, en train de cuisiner, il avait l'air... humain. Choquée par cette découverte, Lise posa son verre vide sur le plan de travail et Rafe y versa aussitôt du vin.

— Je pourrais vous apprendre à le préparer.

— Je crois que je me vais me contenter de regarder.

Après avoir fait cuire des pâtes, il prit deux assiettes et les posa sur la table dont le plateau en bois portait les marques de nombreux repas. Au centre de la table, un petit vase en verre taillé contenait des fleurs sauvages. Rafe alluma une bougie. Le décor était chaleureux, romantique. Dangereux.

— C'est...

Charmant.

— ... inutile, vous savez ? dit-elle d'un ton neutre.

— Il s'agit d'un simple repas, Lise, répliqua-t-il avec calme.

Mais rien n'était simple pour elle. La lumière tamisée. La chaleur de la pièce les enveloppant. Elle avait l'impression d'être seule au monde avec Rafe. Vision enchanteresse à laquelle elle ne pouvait s'abandonner. Ils dirigeaient un pays. C'était cela, la réalité. Levant les bras, elle souleva la belle couronne et s'assit en la posant à côté d'elle sur la table.

— Dommage, dit-il. Elle vous allait vraiment bien.

— On ne porte pas sa couronne lors d'un dîner privé, répliqua Lise en s'efforçant d'ignorer le frisson de plaisir suscité par ces paroles.

Elle se concentra sur son assiette et souleva sa fourchette. Un instant plus tard, un bouquet de saveurs exquises explosait sur son palais et sa langue.

— Vous aimez ? demanda Rafe, le regard brûlant.

Pour toute réponse, elle hocha la tête et souleva son verre. Elle ne se souvenait pas d'avoir jamais rien mangé d'aussi bon.

— Nous formons une bonne équipe, reprit-il.

— Ah oui ?

— Vous n'avez pas votre pareille pour couper les cèpes.

— Qui eût songé que j'avais besoin d'apprendre ce genre de chose ! s'exclama-t-elle en riant.

Ensuite, elle ne pensa plus qu'au contenu de son assiette, sans oublier le vin. Quand elle eut fini de manger, il débarrassa la table et rinça les assiettes. Lise proposa de l'aider mais il refusa et lui dit d'aller s'installer devant le feu. Elle obéit et s'assit à l'extrémité du canapé. Il la rejoignit bientôt avec une autre planche sur laquelle se trouvait un gros morceau de fromage qu'il déposa dans l'âtre. Puis il s'assit à côté d'elle et posa ses pieds nus sur la table basse. C'était la première fois qu'elle voyait les pieds nus d'un homme.

— Je comprends pourquoi vous venez ici, dit-elle.

En vérité, elle aurait été prête à dire n'importe quoi pour ne plus penser à une quelconque partie du corps de Rafe. Le seul bruit régnant dans la pièce était le crépitement des flammes. Elle renversa la tête en arrière et contempla le plafond, les poutres apparentes qui avaient été témoins de la vie de sa famille. Puis de sa vie d'homme. Cet endroit l'avait façonné. Lui avait donné des racines. Un lien avec le passé dont elle-même avait l'impression d'être privée, alors que sa propre famille régnait depuis des siècles.

— Comme je vous l'ai dit tout à l'heure, je suis chez moi dans ces montagnes. Où que je me trouve dans le monde, c'est à cet endroit que je pense.

Il contempla les flammes, but une gorgée de vin. Lise suivit le mouvement de la pomme d'Adam.

— C'est pour cela que je skiais, répliqua-t-elle en hochant la tête. Je pouvais m'échapper de moi-même, de tout. Dans les montagnes, on ne peut pas se permettre d'avoir un ego.

— Elles n'acceptent pas les erreurs. Et elles seront encore là longtemps après nous.

— Je pouvais être seule avec moi-même, poursuivit-elle. Me dépasser.

Lentement, il se tourna vers elle et la regarda les yeux mi-clos.

— Par quoi avez-vous remplacé ce défi ?

— Être reine n'est-il pas suffisant ?

— C'est un devoir envers les autres. Et pour vous-même ?

Lise repensa au jour où elle n'avait pensé qu'à elle-même et causé une tragédie.

— Il n'y a plus rien.

Rafe tendit la main et la posa sur la sienne.

— Pour être une bonne souveraine, vous devez avoir votre jardin secret, des aspirations personnelles, sinon vous cesserez de vous soucier des autres. Pas aujourd'hui, pas demain, mais un jour. Ensuite, les décisions que vous prendrez ne viendront plus de votre cœur et elles seront mauvaises. Pour votre pays. Votre peuple. Pour vous.

À quoi faisait-il allusion ? À son vœu que la monarchie disparaisse avec elle ? Lise secoua la tête. Elle ne savait pas quoi s'accorder. Tout s'était écroulé le jour où elle avait perdu les siens.

Rafe se leva et se pencha au-dessus de la planche posée devant le feu pour couper un morceau du fromage maintenant fondu. Il l'étala sur une tranche de pain et la lui tendit.

— Non, merci. Je ne peux plus rien avaler.

Bien que le fromage et le pain soient très appétissants...

— Une bouchée. Il est fabriqué par ma famille. Je mangerai le reste si vous n'en voulez plus.

Lise mordit dans le pain croustillant et sentit le fromage onctueux couler dans sa bouche. Elle savoura le goût délicieusement salé et tendit le reste à Rafe.

— Pour moi, c'est cela, un dessert, dit-il après l'avoir englouti en un clin d'œil. Je vous laisse vos crêpes Suzette et votre bombe Alaska.

— Vous n'aimez pas les sucreries, les douceurs ?

Il s'assit sur la table basse. Leurs genoux se frôlèrent, faisant frissonner Lise. Les flammes dansant dans l'âtre entouraient Rafe d'un halo lumineux.

— Je m'offre certaines douceurs, dit-il lentement.

Les yeux sombres ne la quittaient pas un instant, ils la sondaient, cherchaient à lire en elle. À découvrir ses secrets. Elle détourna les siens et prit son verre posé à côté de lui.

— Je m'en souviendrai. Si l'envie me prend un jour de cuisiner, ce ne sera pas un dessert.

— Je n'ai pas dit que je n'aimais pas les desserts, Lise. Je suis seulement sélectif quant au choix de mes plaisirs.

Quand il se redressa et se détourna pour couper un nouveau morceau de fromage, elle laissa échapper un lent soupir. Il lui tendit une nouvelle tranche de pain mais elle secoua la tête. Une chaleur bienfaisante régnait dans la pièce, le canapé était profond et confortable. Tout semblait conçu pour la protéger de l'extérieur, du réel. Les aspects tranchants de la vie paraissaient plus doux, plus lisses. Et il y avait Rafe. Les boucles brunes brillant dans la lumière du feu. Les cheveux plus indisciplinés que jamais, à l'instar de sa nature passionnée et indomptable. La chaleur se répandit partout en elle. Lise ferma les yeux, pour ne plus le voir, mais cela ne servit à rien. Elle sentit le canapé se creuser à côté d'elle. Un bras musclé lui enveloppa les épaules. Elle rouvrit les yeux et regarda la main posée nonchalamment sur le dossier du canapé, à côté de sa tête. Les longs doigts aux ongles courts et carrés. Rafe l'attira vers lui, jusqu'à ce qu'elle soit tout contre son flanc, sous son bras.

— Détendez-vous, Lise. Gardez les yeux fermés si vous voulez.

— Je ne veux pas dormir.

Des dangers la guettaient. Mais elle en avait affronté de toutes sortes quand elle skiait, et alors son ventre se creusait et son cœur lui martelait les côtes. On ne savait jamais ce qui apparaîtrait après le prochain virage. C'était un peu ce qu'elle ressentait à présent. Ce qui lui avait manqué et dont elle avait un besoin vital. Quand avait-elle cessé de prendre des risques ? Peut-être pouvait-elle affronter ceux qui se présentaient à elle. Temporairement. Elle avait tellement désiré que Rafe la serre dans ses bras, qu'il l'embrasse, avant que tout s'écroule. Lise porta son verre à ses lèvres et le vida d'un trait. Rafe le lui prit des mains et le reposa sur la table, avant de l'attirer à nouveau contre lui.

Il l'avait désirée. Il ne l'avait pas caché. Pourquoi ne pas l'avoir embrassée à la cathédrale ? À ce moment-là, elle n'aurait pas pu s'y refuser, pas devant les invités et les millions de téléspectateurs.

— Vous auriez pu m'embrasser, à la cathédrale, et pourtant vous n'en avez rien fait. Pourquoi ?

— Vous aviez dit que ce n'était pas cette sorte de mariage, lui murmura-t-il dans les cheveux.

— Ce n'est pas la vraie raison ! Vous êtes réputé pour votre indocilité.

Le rire doux et moqueur coula en elle.

— Pas question de vous embrasser devant tous ces gens.

Lise se tourna vers lui. Il avait l'air sérieux.

— Pourquoi ?

— Je refusais de partager ce qui, à vous en croire, aurait été notre seul et unique baiser.

Il referma la main sur sa mâchoire.

— Et je n'aurais pas pu t'embrasser comme je le désirais, chuchota-t-il en lui caressant la joue du bout du pouce.

Des étincelles délicieuses pétillèrent dans tout son corps.

— Tu pourrais le faire maintenant, comme tu le désirais.

Les narines de Rafe frémirent. Son pouce s'immobilisa un instant puis recommença sa lente caresse.

— Tu as déclaré que tu ne le souhaitais pas.

— Oui, c'est vrai.

Il haussa un sourcil.

— Mais je ne devrais pas te priver de notre seul et unique baiser, continua Lise. Ce ne serait pas juste.

— Tu me demandes de t'embrasser ?

— Oui. Ce n'est qu'un baiser, après tout.

L'ombre d'un sourire passa sur les lèvres sensuelles, le regard se fit plus intense encore. Incapable de le supporter, elle ferma les yeux.

— Non. Si nous nous embrassons, je veux que tu me regardes.

Elle ne s'y trompa pas. C'était un ordre. L'ordre d'un roi. Un ordre qui résonna profondément en elle, ébranlant les fondements de tout ce qu'elle croyait désirer. Elle obéit, leurs regards se croisèrent.

— Rien qu'un baiser, murmura-t-il en rapprochant le visage du sien.

Un sourire victorieux se dessina sur les lèvres toutes proches des siennes. Mais elle s'en ficha. Trop de sensations la submergeaient. La senteur fraîche et sauvage de Rafe. L'éclat mordoré des beaux yeux sombres. Il lui laissait le temps de dire « Non. » Ce fut elle qui franchit le peu d'espace qui les séparait encore, jusqu'à ce que les lèvres fermes et douces effleurent les siennes. Elle laissa échapper un halètement. Il prit sa bouche, doucement, comme s'il cherchait à l'apprivoiser.

Lise répondit aux caresses de ses lèvres sans plus tenter de refouler les sensations qui se déployaient en elle. Son corps s'embrasa. Ce n'était qu'un baiser, un seul et unique baiser, l'avait-il taquinée. Elle s'était trompée. Elle en voulait davantage. Lise glissa les doigts dans les boucles soyeuses. Il approfondit le baiser, elle lui ouvrit sa bouche et il en prit possession. La langue experte effleura la sienne. Lise répondit à la caresse intime, mue par un désir qui la dépassait.

Quand il la renversa en arrière sur le canapé, elle n'opposa aucune résistance. Il s'installa entre ses cuisses. La chaleur du corps musclé la fit fondre, au plus intime de sa féminité. Quelque chose montait en elle, de plus en plus haut, de plus en plus intense. Lise souleva les hanches pour se presser contre lui. Elle brûlait pour lui. Sourde aux voix qui lui répétaient qu'elle n'avait pas droit au plaisir, qu'elle ne le méritait pas. Elle *voulait* jouir. Elle avait besoin de Rafe. De le sentir *en elle*.

La bouche avide continuait de dévorer la sienne. Il ne s'agissait plus d'un baiser. C'était une force destructrice, mais peu importait. Elle aussi voulait anéantir Rafe. Elle voulait qu'ils perdent tout contrôle. Ensemble.

Lise arracha sa bouche de la sienne.

— Rafe... Je veux...

— Dis-moi ce que tu veux, ordonna-t-il de cette même voix impérieuse.

Un frisson brûlant la parcourut de part en part.

— Toi. J'ai besoin de toi.

Était-ce bien elle qui venait de chuchoter ces mots ?

Les yeux de Rafe flamboyèrent. Un lent sourire se forma sur les lèvres sensuelles. Puis il reprit sa bouche et glissa une main sous son haut. Oh ! la sensation des doigts remontant sur sa peau... Il lui souleva légèrement le buste pour dégrafer son soutien-gorge, tout en l'embrassant avec fièvre, tel un homme mourant de soif. Lise lui referma les jambes autour des hanches pour mieux le sentir contre elle. La main continua son exploration et se referma sur un mamelon. Il le fit rouler doucement entre ses doigts tandis qu'elle se mettait à trembler et gémissait contre sa bouche. Elle brûlait de sentir sa peau contre la sienne. Ses mains se glissèrent d'elles-mêmes sous la chemise, effleurant les muscles fermes qui frémirent sous la caresse. Lorsque Rafe écarta soudain les lèvres des siennes, elle laissa échapper un murmure de protestation.

— Ôte-la-moi.

La voix rauque exacerba le plaisir qui l'inondait. Elle saisit la chemise par le bas et la remonta sur le torse puissant. Rafe se redressa et acheva de se déshabiller, laissant tomber ses vêtements sur le plancher. Son corps nu luisait dans la lumière des flammes. Lise contempla les muscles parfaits, la fine toison brune. Tandis que lui la regardait, les yeux étincelants.

— À ton tour, maintenant.

Sans lui laisser le temps de réagir, il s'empara de son haut qui, l'instant d'après, atterrit sur les vêtements qu'il venait d'ôter. Le soutien-gorge était parti avec. Lise se retrouva complètement exposée au regard qui se promenait sur son buste, ses mamelons se durcissant sous la caresse.

Embarrassée, elle leva le bras pour se couvrir les seins mais il lui saisit la main, la lui remonta au-dessus de la tête et l'y maintint fermement. Un flot brûlant la traversa. Elle ne pouvait plus respirer. Rafe prenait tout l'oxygène de la pièce.

— C'est le dessert que je préfère, dit-il en la regardant dans les yeux. Te regarder, offerte à moi comme un festin.

De sa main libre, il fit descendre la fermeture Éclair du jean. Elle devait l'arrêter. Le repousser.

— *Rafe.*

Sa voix avait résonné comme une prière. Il libéra la main qu'il retenait prisonnière et posa la sienne sur le ventre de Lise. Ses hanches se soulevèrent d'instinct. Réclamant, suppliant les longs doigts d'apaiser la sensation de manque qui frisait la douleur.

Il la débarrassa en un tournemain de son jean.

— Chut… Je sais. Je vais m'occuper de toi.

Personne ne l'avait jamais fait et elle le désirait plus que tout. Elle s'en remettait complètement à lui. Il glissa les doigts sous la bordure de soie. Doucement, jusqu'à l'endroit où elle les voulait. Elle se cambra, renversa la tête en arrière, haletant tandis qu'il la caressait en petits cercles enivrants. Tout était concentré là, entre ses jambes. Le désir qui la consumait. Les ondes délicieuses qui se propageaient en elle.

Le plaisir l'éblouissait, oblitérant tout le reste. La spirale commença à se déployer inexorablement dans son corps. Rafe reposait sur le flanc, à présent, et la caressait en lui murmurant des choses incompréhensibles. Les mots n'avaient plus de sens comparés à ce qu'elle éprouvait. La voix profonde l'embrasait autant que les doigts habiles lui infligeant des tortures exquises. Sans cesser de la caresser, il en enfonça un en elle, le retira, en enfonça deux. Atteignant un endroit enfoui au plus profond. La faisant trembler tout entière.

— Oui, oui… Rafe, je t'en supplie…

— Tu mérites des milliers de baisers. Partout.

— Oui, encore…

Un sourire triomphant se dessina sur sa bouche. Lise s'en ficha. Rien n'existait que ses caresses. La chaleur qu'il faisait naître en elle.

Qui brûlait entre ses cuisses. Il pencha la tête et prit un mamelon dans sa bouche, le lécha goulûment. Lise laissa échapper un cri. Il quitta son sein, la langue coquine glissa sur son ventre... Ses hanches se soulevant de nouveau, il les saisit et les tint fermement.

— Ouvre-toi pour moi, ordonna-t-il contre sa peau.

Ses jambes se détendirent. Il l'embrassa à l'intérieur de la cuisse, remonta. Jusqu'à ce que la bouche arrive là. *Là*. Le souffle chaud sur son sexe offert. La caresse légère des lèvres. Puis la langue. Lise s'arc-bouta. La lumière explosa en elle. Le plaisir. Rafe ne s'arrêta pas. L'enivrant supplice auquel il la soumettait la rendait folle. Lorsque soudain, tout en la léchant, il glissa un doigt en elle, le plaisir la submergea tel un torrent indomptable tandis qu'elle se laissait emporter par l'extase, vague après vague.

Rafe se réinstalla au-dessus d'elle et l'embrassa. Les lèvres fermes avaient le goût de son plaisir. Et le désir continuait de frémir en elle.

Un frisson traversa Lise. Ç'aurait dû n'être qu'un baiser, un simple baiser. Mais rien ne pouvait être simple avec cet homme qui était tout sauf simple. Un courant froid se répandit dans ses veines. Sombre, destructeur. Le désir qui l'avait submergée, la chaleur qui l'avait embrasée, tout disparut comme si elle avait été aspergée d'eau glacée.

Avant même qu'elle le repousse, il mit fin au baiser, redressa la tête et la regarda, les yeux incandescents.

— Je te désire. Je veux être en toi, murmura-t-il. Et toi, que veux-tu ?

Ç'aurait été si facile de répondre « Toi. » De tout oublier. Mais elle n'en avait pas le droit. Elle ne le méritait pas.

— Laisse-moi, s'il te plaît, dit-elle en posant les mains sur le torse chaud.

Elle n'eut pas à le repousser. Rafe se redressa et s'assit sur le canapé, puis pencha la tête en avant et se passa la main dans les cheveux.

— Lise.

Un accent peiné colorait la belle voix grave, auquel se mêlait une ferveur qui atteignit Lise en plein cœur. Cet intermède n'avait fait que montrer combien elle était faible. Une fois de plus, elle avait cédé à l'égoïsme.

Quelle reine était-elle si elle ne pouvait pas respecter les promesses faites aux morts ?

— Je ne peux pas... Je ne *peux pas !*

Elle se leva. Le corps et l'âme à nu. Si elle avait regardé Rafe, il aurait lu en elle. Il l'avait toujours fait.

Lise ne s'arrêta pas. Ne ramassa pas ses vêtements. Elle quitta la pièce et courut se réfugier à l'étage.

7

Rafe se fit une tasse de café bien fort et le but lentement. La couronne se fanait sur le banc. Lise avait été si belle couronnée de fleurs. La veille, il avait cru qu'ils prenaient un nouveau départ, mais tout s'était écroulé encore une fois.

La fraîcheur matinale le fit frissonner. Il n'avait pas dormi. Tressaillant au moindre grincement du parquet et imaginant qu'elle venait le rejoindre. Et restant seul avec son désir inassouvi et le parfum de Lise imprégné en lui.

Le souvenir de son expression torturée l'avait empêché d'aller la retrouver. « Je ne peux pas ! » Il l'avait bousculée, au lieu d'y aller pas à pas. Lui, réputé pour sa patience et son art de la stratégie, il avait échoué sur toute la ligne, submergé par le désir de la faire sienne.

L'horloge sonna neuf coups. Lise était réveillée, il le pressentait, et ils ne pourraient éviter d'évoquer ce qui s'était passé la veille au soir. Il avait besoin de comprendre pourquoi elle se refusait tout plaisir.

Il remplit une tasse de café pour elle, telle qu'elle l'aimait : avec une goutte de lait et du sucre. Puis il monta à l'étage et frappa à la porte de sa chambre. Silence. Il frappa à nouveau, puis entrebâilla la porte et jeta un coup d'œil à l'intérieur.

Le feu était mort, la pièce glaciale. Mais ce ne fut pas le froid qui le fit frissonner. Ce fut la vue de Lise, pelotonnée sur le canapé et contemplant l'âtre où ne restaient que des cendres. Elle avait une épaule dénudée.

— Tu devrais être au lit. Il fait un froid terrible, ici.

Quand il s'avança dans la pièce et contourna le canapé, elle ne bougea pas. Elle portait une chemise de nuit couleur parme, ses mamelons pointant sous l'étoffe. Elle avait le teint blanc comme neige. Depuis combien de temps était-elle assise là à contempler la cheminée ? Il tourna les yeux vers le lit en désordre. Elle n'avait sans doute pas dormi non plus.

Elle referma les bras autour de ses genoux et les serra contre elle, concentrée sur l'âtre noirci par le feu. Elle avait le nez un peu rose, les yeux gonflés. Rafe prit un plaid plié sur le bras du fauteuil.

— Il faut te réchauffer, dit-il doucement.

— Non, murmura-t-elle dans un souffle.

Quand il s'assit sur le canapé, elle s'éloigna le plus possible de lui. Il posa la tasse sur la table basse.

— Qu'est-ce qui ne va pas, Lise ?

— Je te l'ai dit. J'ai été claire sur la nature de ce mariage.

Certes, mais cela n'avait plus de sens. Comment pouvait-elle persister à vouloir se priver de tout plaisir, après ce qui s'était passé la veille au soir ? Durant quelques instants, elle s'était donnée à lui avec enthousiasme. Et maintenant, elle se fermait à lui plus que jamais.

— Les choses changent. Il n'y a rien de criminel à s'adonner au plaisir, à la passion.

— Et si nous avions couché ensemble ? Et si j'étais tombée *enceinte* ? riposta-t-elle, l'air profondément choquée par cette éventualité. C'est ce que tu veux, n'est-ce pas ? Un héritier, plus un ou deux de rechange ?

Au fil des années, Rafe s'était immunisé contre la plupart des rejets, mais il conservait néanmoins de profondes cicatrices qui ne demandaient qu'à se rouvrir. Les paroles cruelles résonnèrent dans son esprit. Le mépris, le rire incrédule. « Nous avons passé de bons moments ensemble, Rafe, mais... *t'épouser...* ? » Aucune des femmes de l'aristocratie lauritanienne n'aurait voulu se lier de façon permanente avec lui. Un roturier. Peu importait que ces familles aient tout perdu. Qu'il les tienne en son pouvoir, qu'il possède tout ce qui leur avait appartenu autrefois. Ces gens se croyaient toujours meilleurs que lui. Pourquoi Lise aurait-elle été différente ? Elle était bien plus qu'une aristocrate. Elle était *reine*. Rafe serra les mâchoires, balaya ces souvenirs. Il n'en était plus là. Il avait avancé.

— Serait-ce une si mauvaise chose que d'avoir un enfant ?

Il détesta sa question, ce qu'elle révélait sur lui-même. Car c'était ce qu'il désirait plus que tout, assurer la position de sa famille à la tête de ce pays pour les générations à venir.

— Je ne veux pas donner naissance à une fille dans l'univers où je vis. Je n'infligerai jamais à une fille ce que j'ai subi.

Rafe serra les dents. Elle n'avait pas pu trouver sa propre voie, voilà tout. Et lui comprenait mieux que quiconque ce besoin de se faire une place, de choisir sa voie.

— Tu peux être l'élément catalyseur du changement, faire en sorte d'être la dernière reine à subir ce sort. Nous pouvons y arriver, ensemble. Propulser notre pays dans le XXIe siècle.

— Tu as tellement foi en moi.

— Parce que je te connais. Tu es exactement là où tu dois être. À la tête du pays, c'est là qu'est ta place.

Le plaid dans la main, il se rapprocha d'elle.

— Non. Je suis une usurpatrice, dit Lise en resserrant les bras autour de ses genoux. J'ai abandonné ma famille.

Elle se punissait d'être en vie.

Quel idiot de ne pas l'avoir compris plus tôt. C'était tellement évident. Maintenant, ou bien il la laissait, tétanisée par le chagrin, ou bien il lui confiait un peu de son propre vécu dans l'espoir de l'aider.

Seuls sa famille et Lance connaissaient la profondeur de sa souffrance. À l'Académie, les autres l'avaient retournée contre lui pour le railler, le provoquer, mais ils avaient vite oublié Carl. Il leur servait uniquement à blesser Rafe.

— Je comprends pourquoi tu réagis ainsi, dit-il.

Se levant, il se pencha et tisonna les charbons pour les ranimer, puis ajouta quelques bûches et attendit que le feu prenne avant de se rasseoir et de tendre le plaid à Lise.

— Tu ne sais rien, chuchota-t-elle.

— Je vais te raconter une histoire. Mais d'abord, tu dois être au chaud.

Elle hésita un instant puis prit le plaid et s'en enveloppa.

— Je ne suis pas fils unique. J'ai eu un frère. Il avait un an de moins que moi. J'avais seize ans quand il est mort.

La douleur le transperça. Il étendit le bras sur le haut du dossier, sa main se retrouvant toute proche du cou de Lise. Elle se mordilla la lèvre.

— Carl ?

Rafe acquiesça d'un hochement de tête.

— Quand je suis entré à l'Académie royale, tous les fils d'aristocrates m'ont méprisé. Ma famille n'était pas pauvre mais notre argent était le fruit d'un dur travail, pas un noble héritage. Les brimades étaient constantes et cruelles, mais j'ai appris à rendre les coups. Ensuite je me suis concentré sur mes études, pour m'améliorer.

Pour les battre tous. Et il y avait réussi. Devenant le meilleur dans toutes les matières. Puis il avait fait la connaissance de Lance et, à deux, ils étaient devenus invincibles. Les autres garçons l'avaient encore plus haï. Il s'en fichait. La dernière année, il avait obtenu son diplôme et reçu un prix d'excellence des mains du roi en personne.

— Carl ne s'en sortait pas aussi bien. C'était un garçon gentil et doux. Un solitaire aimant la nature et les animaux. Ils l'ont harcelé, persécuté sans trêve. Carl ne comprenait pas pourquoi ils ne voulaient pas être ses amis. Il n'allait plus en cours, suppliait qu'on le renvoie à la maison. Mes parents l'ont retiré de l'Académie.

Rafe regarda Lise. Elle tendit la main et serra la sienne.

— C'est arrivé pendant l'année scolaire. Deux de nos meilleures vaches laitières avaient disparu. Carl est parti à leur recherche dans les alpages. La nuit est tombée...

— Et se balader dans les montagnes peut être dangereux une fois la nuit tombée, dit Lise.

Il hocha la tête.

— Ce soir-là, mes parents m'ont appelé à l'Académie. Je suis rentré pour participer aux recherches.

Le souvenir du corps disloqué au bas du ravin le hanterait jusqu'à son dernier jour. Rafe baissa la tête et ferma les yeux.

— Nous l'avons trouvé le lendemain matin. Carl a été transporté à l'hôpital et il est mort quelques jours après sans avoir repris connaissance. Les deux maudites vaches sont rentrées à l'étable toutes seules. Quant à moi, j'ai voulu quitter l'Académie. Mes parents ont refusé de m'écouter. Si j'avais protégé Carl, s'il n'était pas rentré à la maison. Si...

— C'était un accident. Ce n'était pas ta faute, dit Lise.

Oui, il le savait, maintenant. Mais à l'époque, il avait été persuadé que s'il avait protégé Carl, celui-ci serait encore en vie. Et durant les années qui avaient suivi, il s'en était voulu à mort. Jusqu'à ce que ses parents lui disent que s'il persistait dans son chagrin et sa rage, il risquait d'y sombrer. Et qu'eux ne voulaient pas perdre le seul fils qu'il leur restait et qu'ils aimaient. Il avait alors admis qu'il ne pouvait pas changer le passé, mais qu'il pouvait essayer de changer le futur.

— Cela peut s'appliquer à toi et à ce qui s'est passé pour ta famille. Un col de montagne. Une roche qui tombe sur la route. C'était un accident et tu n'y étais pour rien. Alors pourquoi t'en blâmer et culpabiliser ? Blâme plutôt la sécurité de les avoir laissés voyager ensemble.

Lise se mit à trembler, l'air si perdu qu'il craignit qu'elle ne s'effondre. Il en eut assez de cette distance. Ils avaient besoin l'un de l'autre. Il l'attira dans ses bras. Elle se laissa faire et se blottit contre lui. Elle avait la peau glacée. Il resserra le plaid autour d'elle.

— Ferdinand a été privé de l'avenir auquel il était destiné. Il allait se marier. Sara...

Que lui dire ? Que son frère était un séducteur notoire et que sa meilleure amie avait de la chance d'être débarrassée de lui ? Impossible. Elle souffrait déjà assez comme cela.

— Sara est jeune, elle a toute la vie devant elle, pour vivre, aimer.

Comme toi. Mais il ne le lui dit pas. Elle n'était pas prête à l'entendre. Elle devait s'en rendre compte par elle-même.

— Tout ce que nous avons, poursuivit-il, ce sont ces brefs moments. Des souvenirs à conserver. D'autres à oublier.

Doucement, Rafe lui caressa la mâchoire.

— Je peux t'aider à oublier, murmura-t-il.

Elle renversa la tête en arrière et le regarda dans les yeux. Que voyait-elle en lui ? Puis elle secoua la tête et se dégagea de son étreinte.

— Je n'ai pas droit à l'oubli, Rafe. Ta présence m'aidera à ne jamais oublier.

Sur ces mots, elle se leva, le dos droit, la tête haute. Le plaid glissa de ses épaules. Elle se détourna et s'avança vers la porte, s'arrêta.

— Tu aurais dû le comprendre. C'est précisément la raison pour laquelle je t'ai épousé.

Quand elle sortit de la pièce, Rafe comprit qu'il venait d'être répudié sans autre forme de procès. Mais il entendait bien obtenir des éclaircissements.

En revanche, une chose était d'une clarté absolue et le faisait frissonner jusqu'à la moelle. Lise se punissait d'être en vie, et l'épouser faisait partie du châtiment.

8

Durant ces trois jours passés loin du palais, des contraintes et des journées à l'emploi du temps strict, Lise avait brièvement trouvé un peu de paix. Cette escapade avait été une sorte d'oasis de calme au milieu de l'immensité de son désespoir. Elle aurait aimé pouvoir rester dans l'univers paisible du chalet de Rafe perdu dans la montagne. Là où, l'espace d'un moment, ils avaient pu feindre d'être simplement un homme et une femme unis dans le chagrin, et non ceux qu'ils étaient en réalité. Un homme voulant tirer profit d'un mariage pour obtenir le pouvoir et une femme forcée de se marier à cause de la Constitution.

Son chagrin avait été éclipsé temporairement par la passion vécue dans les bras de Rafe. Lise ne cessait de repenser aux savantes caresses. À la sensation délicieuse de la bouche butinant son sexe, à l'abandon avec lequel elle s'y était offerte. Au désir insatiable qui l'avait consumée, de se donner *totalement* à lui. Corps et âme.

— Ils appellent cela une salle à manger informelle ?

Elle rougit en voyant Rafe entrer dans la pièce. Il était sorti pour répondre à un appel professionnel et elle avait pensé prendre son petit déjeuner seule.

Son mari contempla la longue table sur laquelle était disposé un service en argent au grand complet. Lise était assise à l'une des extrémités de la table somptueusement dressée. La place réservée à Rafe se trouvant à l'autre extrémité. À côté de ses couverts, les journaux repassés avec soin étaient posés. Si cela n'avait pas été aussi réel, ç'aurait pu être comique.

— Nous nous servons nous-mêmes. Ici, cela équivaut presque à faire du camping.

Le buffet aurait pu suffire à nourrir une famille de dix personnes mais Lise avait à peine touché aux plats magnifiquement présentés. Depuis leur retour au palais, elle avait de nouveau le ventre noué en permanence.

— Pas question que je m'assoie aussi loin de toi, déclara Rafe. Nous devrions nous téléphoner pour nous parler.

Il se dirigea vers la place qui lui était réservée, saisit couverts et journaux et vint les poser à côté de l'assiette de Lise.

— Cette place était réservée à mon père, répliqua-t-elle en désignant l'autre extrémité de la table. Il aimait lire les journaux au soleil. Ma mère s'asseyait ici, à l'ombre, parce que le soleil lui abîmait la peau, disait-elle.

— Je ne suis pas ton père.

Non, effectivement. Il ne lui ressemblait en *rien*. Aucun homme de la famille n'aurait pris le petit déjeuner en jean. Même en jean de créateur. Ni en chemise, aussi élégante fût-elle, avec les manches relevées sur les avant-bras. Ç'aurait été sacrilège et indécent. Fascinée malgré elle, Lise contempla la chemise blanche et repensa à ce qui se dissimulait dessous, revit Rafe se pencher au-dessus de...

— Lise ?

— Excuse-moi. Oui ?

Il la dévisagea un instant en silence, avec cet impossible petit sourire en coin. Savait-il à quoi elle venait de penser ? Sans doute.

— Je disais, à moi-même, qu'un petit déjeuner informel évoque plutôt un petit déjeuner pris au lit, dit-il en posant son assiette sur la table.

La chaleur désormais familière se répandit inexorablement en elle, son cœur s'emballa. Lise grignota son petit pain brioché du bout des lèvres et reprit une gorgée de café.

— Je suis certaine que le petit déjeuner n'a jamais été servi dans aucun lit du palais. Le protocole ne l'a pas prévu.

Rafe ne s'était pas assis. Il se rapprocha d'elle, l'obligeant à renverser la tête en arrière pour croiser son regard.

— Utilise ton pouvoir régalien pour rectifier cela.

Voyait-il que le désir se déployait en elle, prenait possession de tout son corps ? L'amenant à serrer les cuisses ?

— Tu pourrais peut-être te joindre à moi ? poursuivit-il. Mon lit est plus grand que le tien.

Lorsqu'il pencha la tête vers elle, Lise crut que son cœur allait s'arrêter de battre.

— Il y a plus de place pour… savourer mes douceurs préférées, lui chuchota-t-il à l'oreille.

Elle ferma les yeux, les souvenirs refluant comme un flot doux et chaud. Rafe lui tenant les mains au-dessus de la tête. Plongeant son regard sombre et brûlant dans le sien.

« Te regarder, offerte à moi comme un festin. »

Il aurait pu l'allonger là, sur la table. Il n'y avait personne pour les voir…

Un toussotement discret la détrompa.

— Petit déjeuner au lit demain, murmura Rafe avant de se redresser.

Ce n'était pas une demande mais une promesse sensuelle qui la fit frémir au plus intime de son corps. Tandis que lui ne semblait pas affecté le moins du monde. Il se tourna vers le majordome qui se tenait derrière eux, droit comme un I, et le regardait d'un air sourcilleux auquel même son père se serait senti obligé de réagir.

— Oui ? fit Rafe d'un ton désinvolte.

— Voulez-vous du café, monsieur ?

— Oui, merci, répondit Rafe en s'asseyant à côté de Lise tandis que le majordome versait du café dans sa tasse.

Il feuilleta les journaux d'une main. Lise les détestait, maintenant. On parlait d'elle à la une, chaque jour…

— Pas mal… Bien vu…, fit-il avant de soulever sa tasse et de la porter à ses lèvres.

— De quoi parles-tu ?

En une du journal qu'il tourna vers elle, Lise vit une photo d'eux deux dans la voiture de Rafe alors qu'ils rentraient au palais. Ils souriaient tous les deux. Elle ne se rappelait pas cet instant mais quelqu'un avait été là pour le saisir avec un appareil-photo. La légende parlait d'une « escapade romantique » et du « début d'une ère nouvelle ».

— Diriger un pays, c'est comme diriger une entreprise. Les actionnaires sont plus confiants si les cadres dirigeants travaillent ensemble. Le peuple est plus heureux s'il croit que nous le sommes.

Il ramenait tout aux affaires, comme d'habitude. Même leur relation.

— Je suis contente que nous puissions donner le change.

Lise prit la serviette étalée sur ses genoux, la posa sur la table. Elle n'avait jamais eu qu'une valeur marchande, elle n'avait jamais été considérée comme une femme.

— Je crois que je vais aller courir. Ou nager.

N'importe quoi qui puisse la soulager de la tension qui l'étreignait. Elle se leva, Rafe l'imita aussitôt.

— En ce qui me concerne, il ne s'agit pas d'une comédie, Lise. J'espère qu'un jour tu éprouveras la même chose.

— Oui, parce que cela s'accorderait mieux avec les commentaires de la presse auxquels tu tiens tant ! riposta Lise en désignant d'un geste les journaux.

— Dans la vie de monarque, beaucoup de choses sont délibérées et calculées, dit-il en lui prenant la main.

Doucement, il en caressa le dos du bout du pouce, faisant fuser aussitôt des étincelles brûlantes dans tout son bras.

— Cela ne veut pas dire que tu ne mérites pas d'éprouver quelque chose de réel.

— Je m'en souviendrai, répliqua Lise en libérant sa main.

Le comportement de Rafe la déstabilisait. Il pouvait se montrer aussi passionné et brûlant que pragmatique et réservé. Elle avait du mal à le cerner. À définir quel genre d'homme il était vraiment.

Une jeune employée entrant dans la pièce, il passa le bras autour de la taille de Lise, pencha la tête et lui déposa un petit baiser sur la joue. Un frisson la parcourut mais elle *savait* qu'il jouait la comédie. Ce geste ne signifiait rien.

— Et si j'allais nager avec toi ? dit-il en lui effleurant l'oreille avec ses lèvres.

La chaleur déferla en elle. Elle l'imagina se glissant dans l'eau à côté d'elle. La poussant contre le bord du bassin. Pressant son corps musclé contre le sien. La caressant. Ne s'arrêtant que lorsqu'elle crierait son prénom.

Décidément, elle divaguait et devait se ressaisir. Lise s'écarta de lui, désigna l'assiette encore à moitié pleine.

— Je t'en prie, finis de manger tranquillement. Je ne sais pas encore si je vais courir ou nager.

Il sourit, de ce lent sourire irrésistible et envoûtant.

— Bien sûr, dit-il avec calme. J'irai te rejoindre lorsque j'aurai terminé.

Lorsqu'elle s'éloigna dans les longs couloirs, Lise ne savait ce qu'elle redoutait le plus : qu'il vienne la rejoindre ou qu'il change d'avis.

Courir ne l'aida pas à y voir plus clair. Elle s'assit sur un banc du jardin ornemental où, autrefois, elle venait rêvasser, et envoya un SMS à Sara mais n'obtint pas de réponse. Ses pensées recommencèrent à tournoyer dans tous les sens. La culpabilité envers son amie. La confusion causée par la compréhension de Rafe. Les doutes, les incertitudes.

Lise regagna le palais et prit bientôt la direction de la piscine, son maillot de bain à la main. Nager lui ferait du bien. Et Rafe viendrait peut-être la rejoindre. Un courant délicieux la traversa à cette pensée. Décidément, son corps semblait désormais indépendant de sa volonté...

Arrivée à proximité du pavillon abritant la piscine, Lise aperçut Albert à côté de l'entrée. Elle le regarda d'un air interrogateur, surprise de le voir là.

— J'ai cru bon de vous informer que le Premier ministre est au palais. Il s'entretient avec le roi.

Elle fronça les sourcils. Aucun rendez-vous officiel ne figurait dans son agenda. Ils n'étaient rentrés que la veille et rien n'avait été programmé avant le début de l'après-midi. Hasselbeck n'aurait-il pas dû s'entretenir avec *elle* ?

— A-t-il précisé pourquoi il souhaitait voir le roi ?

— Il a dit que Sa Majesté était au courant. Mais votre mari a paru... surpris.

Albert était très observateur, mais Rafe pouvait se montrer excellent comédien. Un frisson glacé la traversa. Personne n'était autorisé à contourner son autorité.

— Où sont-ils ?

— Dans le bureau, madame.

Autrement dit, *son* bureau. À l'autre extrémité du palais.

— Depuis combien de temps ?

— Une quinzaine de minutes. Souhaitez-vous vous changer et dois-je leur demander d'attendre votre arrivée pour poursuivre leur entretien ?

Lise baissa les yeux sur sa tenue. S'ils ne pouvaient pas supporter un peu de lycra et de sueur, tant pis pour eux. Elle s'élança en courant.

— Non ! cria-t-elle par-dessus son épaule. Merci, Albert !

Sur son parcours, elle croisa des membres du personnel qui s'immobilisèrent, s'inclinèrent, la dévisagèrent. Elle aurait préféré prendre le temps de les saluer, mais elle ne pouvait pas. Quelque chose se tramait dans son bureau et elle devait savoir de quoi il s'agissait.

Lise s'arrêta à quelques mètres de la porte en chêne pour reprendre son souffle, puis vérifia que la fermeture Éclair de son sweat était montée jusqu'à une hauteur décente. Au même instant elle entendit la voix furieuse de Rafe.

— Comment avez-vous pu laisser la situation se dégrader à ce point, bon sang ?

Quand elle ouvrit la porte, le Premier ministre et Rafe tournèrent la tête vers elle, Hasselbeck la dévisageant de la tête aux pieds d'un air scandalisé tandis que Rafe caressait lentement son corps du regard. Le Premier ministre se leva. Rafe resta assis, l'air très à l'aise dans *son* fauteuil, à *sa* place. Sans compter qu'il aurait dû se lever aussi.

— J'aurais pensé, monsieur le Premier ministre, que si vous veniez au palais, j'en serais avisée à l'avance, commença Lise d'une voix glaciale.

Elle aperçut un dossier rouge sur le bureau, des documents épars. Rafe semblait très à l'aise assis là, à *sa* place.

— Je vous présente mes excuses, madame. Je souhaitais m'entretenir de quelques problèmes avec Sa Majesté et n'ai pas voulu vous déranger.

Il pensait qu'une femme était incapable de régler ou même de comprendre lesdits problèmes, traduisit Lise. Du temps où elle était princesse, Hasselbeck l'ignorait toujours. Elle ne le supporterait pas en tant que reine.

Voyant qu'elle ne l'invitait pas à se rasseoir, il tourna les yeux vers Rafe qui resta silencieux, le bougre. Mais il avait un léger sourire aux lèvres, comme s'il savourait la scène.

— Votre conversation se rapporte-t-elle à une affaire privée concernant mon mari, ou s'agit-il d'un problème concernant Lauritania ?

L'embarras manifeste de Hasselbeck fut plus éloquent que des paroles. Lise n'était pas bien grande, surtout sans hauts talons, mais elle se redressa de toute sa hauteur, résolue à s'imposer face à son arrogant Premier ministre.

— Tout ce qui concerne mon pays me concerne, enchaîna-t-elle.

Rafe n'eut pas le bon goût de paraître embarrassé ni contrit. Il se leva, contourna le bureau, s'arrêta et se tourna vers le Premier ministre.

— Souhaitez-vous exposer la situation à Sa Majesté, ou préférez-vous que je m'en charge ?

Hasselbeck les regarda tour à tour puis s'inclina.

— Je vous laisse en discuter avec Sa Majesté. Merci, monsieur.

— Vous n'avez pas été autorisé à vous en aller, dit Rafe quand il commença à reculer.

Le Premier ministre s'immobilisa et le contempla sans dissimuler son mépris. Il se tourna vers Lise et, l'espace d'un bref instant, afficha un air repentant.

— Madame ?

— Vous pouvez vous retirer. Mais veillez à ce que ceci ne se reproduise plus *jamais*.

Hasselbeck hocha la tête, ouvrit la porte et disparut.

— Tu as été magnifique. Il tremblait...

La voix grave et chaude coula en elle. Ç'aurait été si agréable de s'y abandonner. Mais elle ne succomberait pas à ce désir. Lise se tourna vers son mari d'un mouvement brusque. Il se tenait là, l'air toujours aussi à l'aise et innocent.

— Je suis la reine. Plus de sept siècles d'histoire me soutiennent dans le rôle qui m'échoie désormais. Tu n'es roi que depuis quelques jours. Pourquoi reçois-tu le Premier ministre sans moi ?

Il soutint son regard sans ciller. Plus beau et plus sensuel que jamais. La chemise blanche mettant en valeur les pectoraux parfaits. Il croisa les bras, faisant ressortir les puissants biceps. Une sensation brûlante se répandit dans le ventre de Lise. De la colère, tout simplement. Quelque chose de chaud réchauffant son corps glacé.

— Son arrivée m'a autant surpris que toi.

Elle ne le crut pas. Rafe était un manipulateur et elle ne se laisserait pas troubler par son charisme viril.

— J'aurais dû être appelée *immédiatement*.

— En effet, acquiesça-t-il en se passant la main dans les cheveux. Malheureusement, j'ai été si préoccupé par ses propos que...

— Que t'a-t-il dit ? coupa-t-elle avec impatience.

— Ton père ou ton frère ne parlaient jamais d'économie et de finances avec toi ?

— Non, reconnut-elle.

Très tôt, Lise avait compris que si elle voulait s'impliquer, elle ne pouvait compter que sur elle-même. Mais quand elle avait essayé d'agir, elle avait dû se contenter d'œuvrer pour des causes telles que les chatons et les chiots abandonnés parce que tout le monde les trouvait mignons et estimait qu'ils méritaient d'être protégés. Alors que ce qui l'intéressait vraiment, c'étaient des problèmes qu'elle jugeait plus essentiels – les violences conjugales et familiales, ou les adolescents sans-abri, par exemple. Elle avait dû se cacher pour se renseigner sur ces questions. Plus maintenant.

— Tu ferais mieux de t'asseoir, dit Rafe en soupirant.

— Je suis habituée aux mauvaises nouvelles.

— Très bien. Cela fait un moment que la situation budgétaire du pays est... précaire.

Lors du séjour au chalet, il avait fait allusion à l'économie avant de changer de sujet, se rappela-t-elle avec un frisson.

— À quel point est-elle précaire ?

— Le Premier ministre m'a informé que d'ici à la fin de l'année, le gouvernement pourrait ne plus être en mesure de payer les fonctionnaires.

Elle se laissa tomber sur la chaise la plus proche. Son père avait dû être courant. Son frère aussi. Comment avait-elle pu être tenue dans l'ignorance ? Et Rafe ? Il avait eu l'opportunité de lui en parler quelques jours plus tôt. Mais cela aurait nui à son entreprise de séduction, n'est-ce pas ?

— Le gouvernement réfléchit aux dispositions à prendre et compte sur mon soutien, ainsi que sur mes conseils en matière de finance. Une politique d'austérité est envisagée.

Il rassembla les documents, les remit dans le dossier rouge et le lui tendit.

— Tout est là.

Lise le regarda, les reins appuyés contre le bureau. Un pied croisé devant l'autre. Il n'avait pas *du tout* l'air surpris.

— Depuis quand es-tu au courant ?

Il hésita, pinça les lèvres. Son silence répondit pour lui. Elle aurait parié qu'il était au courant depuis...

— Que la situation budgétaire est précaire ? Environ cinq mois.

Et voilà. Il avait été mis au courant à peu près au moment où il avait commencé à se rapprocher d'elle.

— Que l'économie risque de s'effondrer ? poursuivit-il. Environ vingt minutes.

La haine succéda au sentiment d'humiliation. Elle ne savait plus trop qui elle haïssait, à présent, mais puisque son père était mort et Rafe en face d'elle...

— Mon père t'a offert une princesse en échange de ta coopération et de ton aide pour sortir le pays du bourbier où il l'avait laissé s'enliser, c'est cela ?

— Lise...

— Non. Arrête tout de suite, l'interrompit-elle en levant la main. Je le *sais*. Mon père avait besoin de ton aide, alors il t'a offert une récompense. Moi.

Tout était limpide, à présent. L'affolement, l'acharnement à la convaincre d'accepter de se marier. La fureur quand elle avait refusé. Pourquoi son père ne lui avait-il pas fait confiance ? S'il lui avait dit la vérité, elle aurait peut-être accepté, pour sauver son pays.

— C'est tout ce que tu as vu en moi ? demanda-t-elle d'une voix rauque. Une monnaie d'échange ?

La douleur était trop intense, insupportable. Elle battit des cils pour retenir ses larmes.

Il inclina la tête de côté. La regarda en plissant les yeux.

— J'ai vu une jeune femme passionnée. Une femme avide d'être elle-même et réclamant la permission de l'être.

Mon Dieu, cette voix douce, soyeuse...

— Tu n'aurais jamais dû avoir à la demander.

Lise se détestait de lui avoir confié tant de désirs secrets, de vieilles blessures. Elle le détestait de lire aussi bien en elle. De conserver le pouvoir de l'atteindre au plus profond de son être. De raviver l'espoir qui persistait à frémir en elle. De lui donner l'impression que sa prétendue passion pour elle avait été sincère. Elle se leva, la tête haute.

— Je vais emporter ce rapport et le lire. Ensuite je déciderai des mesures à prendre pour gérer la situation.

— La situation ne fait qu'empirer.

Elle raidit le dos. Elle ne s'effondrerait pas.

— Comment la situation pourrait-elle *empirer* ?

— Lis le rapport, Lise.

Le sentiment de trahison s'accentua encore. Elle avait perdu sa famille, son pays était en ruine.

— Je vais devoir rassembler les meilleurs cerveaux de la finance du pays...

— Je suis le meilleur cerveau de la finance du pays, dit-il sans modestie, mais sans excès d'orgueil non plus.

— J'aimerais avoir un choix plus étendu.

— Il faudrait écarter tout individu ayant contribué à provoquer cette situation.

En effet. Lise acquiesça d'un hochement de tête puis se détourna et s'avança vers la porte.

— N'oublie pas que tu n'es pas seule. Je...

— Tu es là pour m'aider ? coupa-t-elle en faisant volte-face. Ou plutôt pour agir dans mon dos ? Comme tous les autres. Et pourquoi s'en priveraient-ils ? Je suis la reine dont personne ne voulait.

— Crois-tu vraiment que ce soit si difficile de t'aimer ?

Elle se retourna vers la porte et quitta la pièce.

Si on l'aimait, c'était pour ce qu'elle représentait. Personne ne l'avait jamais aimée pour elle-même.

Enchaîner les longueurs de crawl ne calma pas Rafe. Il avait été stupide de ne pas faire venir Lise dès qu'il avait appris l'arrivée du

Premier ministre. Aveuglé par sa propre arrogance, il n'avait pas pensé qu'elle vivrait son entretien avec le Premier ministre comme une nouvelle trahison.

Sans compter qu'il était furieux contre lui-même de ne pas avoir saisi l'opportunité de lui parler de tout cela au chalet. Égoïstement, il lui avait caché la vérité. Mais surtout, il était furieux contre Hasselbeck qui aurait dû mettre sa souveraine au courant. Il faudrait le surveiller, et de près. Rafe avait vu la lueur traversant son regard face à la colère froide de Lise. Hasselbeck avait craint pour son poste, mais il avait *jubilé* de voir que cette colère se dirigeait aussi contre son mari.

Les membres du gouvernement n'avaient aucune estime pour elle, et ils le toléraient à peine, Rafe le savait. Ces individus étaient de la vermine. Des rats qui s'étaient engraissés aux dépens du pays. Cela avait été possible avec un roi paresseux et complaisant. Lise était une inconnue, et sa réputation à lui n'était que trop connue. S'ils travaillaient ensemble, lui et Lise, ils obtiendraient des résultats grandioses. Un seul faux pas et on essaierait de les broyer. Cela n'arriverait pas. Il figurerait dans les manuels d'histoire comme le roi roturier qui avait sauvé la nation. *Tout le monde* connaîtrait son nom.

Son smartphone vibra sur le banc où il l'avait posé. Il le prit et répondit sans même vérifier le nom de l'appelant.

— Oui !

— Bonjour, Majesté, répliqua la voix amusée de Lance. Le jeune marié nage dans le bonheur, on dirait ?

Rafe inspira lentement. Son ami faisait partie des rares personnes avec qui il pouvait être complètement sincère, mais la situation présente était un peu trop embrouillée.

— Pourquoi m'appeler aussi tôt après mon mariage ?

— Pourquoi me répondre ? riposta Lance en riant. Tu n'as rien de mieux à faire ? Avec ta ravissante épouse ?

— Qu'est-ce que tu veux ?

— J'ai un service personnel à te demander. Il s'agit d'une affaire délicate.

Décidément… Rafe se pinça l'arête du nez. L'univers complotait contre lui. Mais lorsque Lance avait besoin de lui, il répondait toujours présent à l'appel. Autrefois, ils s'étaient promis d'être toujours là l'un pour l'autre, et depuis ils n'avaient jamais failli à leur promesse.

— Quand veux-tu qu'on se voie ?

— Ce soir. Vers 20 heures ?

— OK. Je préviens la Sécurité. Nous dînerons ici.

— Merci, Rafe. Aurai-je le plaisir de voir ta charmante reine, ou la gardes-tu pour toi tout seul ?

— Je l'inviterai à se joindre à nous, répondit Rafe, crispé, avant de mettre fin à l'appel en entendant le rire de Lance.

Il reprit la direction de ses appartements. Il était à moitié nu mais il s'en fichait. Il avait besoin de voir Lise et de lui parler. De regagner sa confiance.

Alors qu'il passait devant l'une des centaines de portes du palais, ouvertes ou fermées, il l'aperçut. En robe noire à col montant et manches longues, faisant les cent pas dans l'orangerie qui donnait sur l'un des jardins ornementaux, le dossier rouge entre les mains. Elle lisait, l'air concentré.

Rafe entra dans le vaste espace lumineux. Lise pivota sur elle-même et le regarda en écarquillant les yeux. Elle contempla son torse nu, son ventre, avant de s'arrêter sur le nœud de la serviette. Il s'avança vers elle, lentement, parce qu'elle le regardait maintenant avec effroi.

— Que fais-tu dans cette tenue ? murmura-t-elle.

— Je suis allé nager, répondit-il en haussant une épaule.

— Tu n'aurais pas pu… ?

Elle fit un geste nerveux de la main. À présent, elle ne le regardait plus mais fixait un point situé sur sa gauche. Et elle avait les pommettes rose vif.

— Je n'aurais pas pu… ? fit-il innocemment.

En dépit de sa colère légitime contre lui, elle était troublée par sa proximité, d'autant plus qu'il était à moitié nu. Parfait.

— Non, rien, déclara-t-elle, la tête haute.

Comme s'il lui était indifférent. Alors que c'était tout le contraire. Une passion aussi intense que celle qu'ils avaient partagée ne s'éteignait pas aussi facilement. Et la colère pouvait même l'attiser.

— Lance viendra nous rendre visite ce soir.

Une expression indéchiffrable passa brièvement sur les traits de Lise. Les yeux bleus s'écarquillèrent une fraction de seconde. Elle se mordilla la lèvre.

— C'est agréable d'avoir un ami. Salue-le de ma part.

— Tu es chaleureusement invitée à te joindre à nous.

Elle secoua la tête.

— J'ai du travail.

— Tu as tout lu ? demanda-t-il en désignant le dossier qu'elle serrait contre elle. Pour ma part, je n'ai eu qu'un résumé de la situation mais je devine les horreurs que doit contenir ce dossier.

— Ils veulent rationaliser l'administration, chuchota Lise. Vingt mille licenciements. Pour commencer.

Ça, il le savait. Mesure brutale qui punirait les innocents pendant que les responsables continueraient de s'engraisser.

Elle redressa la tête, carra les épaules.

— Je vendrai les joyaux de la couronne avant de détruire la vie de vingt mille personnes.

— Tu ne peux pas faire cela. Le pays a besoin de symboles.

— Les gens ne se nourrissent pas de diamants, et ces précieux symboles ne leur tiendront pas chaud l'hiver prochain, répliqua-t-elle, le menton haut.

— Nous trouverons une autre solution, déclara Rafe.

— Combien de temps faudra-t-il pour réunir des experts ?

— J'ai déjà quelques noms en tête. Trois jours, disons.

Elle se redressa de toute sa hauteur et le toisa, le regard dur.

— Fais le nécessaire. Je vais passer la soirée à étudier ces documents. Je ne veux pas être dérangée.

Sur ces paroles, elle quitta la pièce. Rafe entendit les hauts talons claquer sur le marbre.

Il n'avait pas avancé d'un pas avec elle. Au contraire. Le fossé qui les séparait n'avait fait que se creuser davantage.

9

Lise était assise sur le canapé de sa chambre, le maudit dossier rouge posé devant elle sur la table basse. À côté du dîner. Elle n'avait pas faim. Elle avait seulement froid. Pourquoi ne l'avait-on pas mise au courant de la situation ? Si son père lui en avait parlé, lui avait expliqué les enjeux d'une telle union, elle aurait accepté d'épouser Rafe. Ce faisant, elle aurait pu contribuer à sauver son pays. Et sa famille n'aurait pas été décimée d'un coup.

Elle se leva et s'arrêta devant la fenêtre. Le crépuscule tombait. Les lumières de la capitale scintillaient. Tous ces gens là-bas, vivant leur vie. Espérant, nourrissant toutes sortes de rêves. Et le gouvernement lui demandait de détruire ces vies ? Non. Jamais.

Mais elle ne savait pas quoi faire. Tous les problèmes évoqués dans le dossier paraissaient si urgents. La situation était catastrophique, à cause de mauvaises décisions et d'investissements encore moins judicieux faits avec des fonds publics. Le destin de son pays reposait entre ses mains. Ses actes auraient des répercussions sur des milliers de personnes. Lise n'avait pas su gérer son compte bancaire, jusqu'à ce qu'Albert s'en aperçoive et, choqué, remédie à ce qu'il considérait comme un grave manquement à son éducation. Elle avait vécu enfermée dans une jolie tour, sans aucun outil pour naviguer dans la vie. On lui avait seulement affirmé qu'elle ferait un beau mariage et que son époux s'occuperait de tout.

La douleur s'amplifia dans sa poitrine, lui coupant le souffle. Elle agrippa le dossier du fauteuil. Des semaines à se battre pour garder le contrôle et en arriver là. Des gens qui ignoraient tout de la situation comptaient sur elle pour prendre les décisions justes. Vingt mille personnes. Lise refoula un sanglot. Mais, soudain, elle ne put plus retenir les larmes qui s'accumulaient derrière ses paupières. Si personne ne lui faisait confiance, comment pourrait-elle *régler* les problèmes ? Un barrage s'effondra, laissant libre cours au chagrin et à la peur.

La porte donnant sur les appartements voisins grinça. Lise se redressa, s'essuya frénétiquement les yeux et le nez, mais les larmes ne cessèrent pas pour autant. Terrassée par le désespoir, elle se plia en avant et referma les bras autour de son buste. Et elle n'eut pas besoin de le voir pour savoir que Rafe se penchait au-dessus d'elle.

— Laisse-moi, dit-elle d'une voix étouffée.

Elle se détourna et rentra la tête dans les épaules. Elle aurait voulu se recroqueviller sur elle-même et disparaître.

— Lise, je t'ai entendue.

Cette voix douce, chaude. L'enveloppant comme un cocon de soie. La chaleur virile se propagea en elle. L'espace d'un instant, Lise s'imagina qu'il pourrait la débarrasser de son fardeau. De la souffrance, de la peur. Si seulement elle avait pu s'abandonner, se noyer dans la délicieuse chaleur de Rafe.

Non. Ses parents et son frère reposaient dans la crypte familiale. Ils n'auraient plus jamais chaud et elle serait privée de chaleur. Et, comme tous les autres, Rafe n'avait pas confiance en elle. Sinon, il lui aurait exposé la situation quand il en avait eu l'opportunité.

Elle se redressa et fit volte-face, mais sans pouvoir contrôler le tremblement qui l'agitait tout entière.

— Va-t'en ! cria-t-elle en désignant la porte ouverte.

Rafe ne bougea pas. Il portait une chemise blanche et un pantalon anthracite. Les cheveux noirs peignés en arrière. Les traits sombres. Présentant au monde l'image du roi qu'il était devenu en l'épousant. Mais ce que Lise détestait le plus, c'était la tendresse de son regard. Les promesses qu'elle y lisait et qu'elle ne pourrait jamais accepter.

— Tu pleures. Laisse-moi…

— Non.

Personne ne devait être témoin de sa faiblesse. Lui moins que quiconque.

— Lise, je ne cesse de te le répéter, tu n'es pas seule.

La voix profonde et grave la fit tressaillir. Elle l'ignora. En vérité, elle *était* seule. Sara ne répondait pas à ses messages, et Rafe... Ses émotions étaient trop emmêlées, elle ne savait pas comment se comporter avec lui. Lise redressa la tête. Une larme roula sur sa joue. Elle l'écrasa.

— Je t'ai demandé de partir.

Rafe leva les bras en l'air, en signe de fausse reddition.

— Je n'ai jamais été réputé pour ma docilité, tu le sais.

— J'aurais préféré un époux qui le soit.

Il croisa les bras, les biceps saillant sous l'étoffe et lui rappelant à quoi il ressemblait sans chemise ce matin. Elle revit le torse puissant, la toison fine descendant en V et disparaissant sous la serviette ceignant les hanches étroites. Les gouttelettes luisant sur la peau hâlée comme des diamants...

— Tu ferais mieux de t'y habituer, poursuivit-il tranquillement. J'ai promis de rester à tes côtés jusqu'à mon dernier jour et j'ai bien l'intention de tenir ma promesse.

Elle le foudroya du regard.

— Je suis la reine et je ne doute pas de pouvoir ordonner ton exécution si tel est mon bon plaisir.

— Heureusement pour moi, la peine de mort a été abolie par l'amendement de...

Lise l'interrompit d'un geste de la main.

— Pas de cours d'histoire, s'il te plaît. À quoi bon être reine si l'on ne peut pas faire couper la tête d'un importun ?

Pour toute réponse, il la gratifia d'un sourire sensuel.

— Pourquoi n'as-tu pas peur de moi ? demanda-t-elle.

— Je te l'ai déjà dit, tu es magnifique lorsque tu es en colère. Tu es même irrésistible, répondit-il en s'avançant vers elle.

Elle se retrancha derrière le fauteuil, mais cela ne suffit pas à décourager Rafe. Il continua d'avancer lentement, le regard rivé au sien.

— Lance va bientôt arriver, non ? demanda Lise.

Rafe se rapprocha du fauteuil. Elle se sentit trop à l'étroit dans ses vêtements. Son corps fondait sous le regard ardent.

— Il attendra, répliqua Rafe après avoir jeté un coup d'œil à sa montre.

Paniquée, elle tourna brièvement les yeux vers le lit. Il aurait pu facilement la faire basculer dessus, glisser les mains dans ses cheveux et l'embrasser. S'enfouir en elle et annihiler ses peurs, la faire crier de plaisir. Mais elle s'était fait une promesse. Si elle ne la tenait pas, elle ne valait rien.

— Je... Je vais te faire enfermer dans... dans le donjon.

Le sourire de Rafe s'élargit. Ô combien elle brûlait de succomber ! De se laisser dévorer. Il s'arrêta. Un pas, et il serait devant elle. Une caresse, et elle n'était pas sûre de lui résister. Il haussa un sourcil arrogant.

— Je ne crois pas qu'il y ait de donjon au palais.

D'un petit mouvement de tête, Lise désigna le téléphone interne posé sur la table de chevet.

— Je n'ai qu'à appuyer sur la touche pour déclencher l'alarme. Et tu feras rapidement connaissance avec le donjon.

— Si tu as besoin de cela pour te protéger de toi-même..., répliqua-t-il avec un petit rire moqueur. Tu as peur de ce que tu ressens. Et avec moi, tu n'as nulle part où te cacher.

Elle redressa les épaules.

— Je ne ressens *rien* pour toi.

Un muscle tressaillit sur la mâchoire de Rafe. Il franchit le dernier pas.

— Prouve-le, dit-il d'une voix douce et impérieuse à la fois. Embrasse-moi, et répète que tu ne ressens rien pour moi.

Les souvenirs brûlants rejaillirent dans son esprit, tel un feu d'artifice. La chaleur pétilla partout en Lise, mais elle ne perdrait pas la face. Elle referma les mains sur la mâchoire de Rafe et attira son visage vers le sien. Il entrouvrit les lèvres, son souffle chaud caressa les siennes. Leurs bouches se joignirent en même temps que Rafe la prenait dans ses bras et la serrait contre lui à l'étouffer.

Lise glissa les doigts dans les épais cheveux bouclés et s'y agrippa. Tout son univers explosa. Son cœur battait à tout rompre. Son sexe palpitait, réclamait. C'était plus qu'un baiser ; leurs bouches se dévoraient, leurs langues s'enlaçaient, se livrant à un ballet torride. Rafe la serra plus étroitement encore, lui faisant sentir la preuve de son désir.

Leurs deux corps ne formaient plus qu'un. Lise creusa les reins pour mieux sentir la puissante érection et entendit un gémissement. Le sien ? Celui de Rafe ? Elle n'en savait rien. Brusquement, il écarta la bouche de la sienne et la regarda, les yeux flamboyants, puis il la lâcha et recula, les lèvres toujours entrouvertes, le souffle court. Lise brûlait d'être à nouveau dans ses bras, de se fondre en lui afin que plus rien ne les sépare. Mais à cet instant, Rafe semblait plus loin d'elle que jamais.

— Qu'en dis-tu, Lise ? fit-il avec un petit sourire narquois. Parce que, de mon côté, j'ai eu l'impression que tu ressentais *beaucoup* de choses.

Elle s'efforça d'ignorer l'expression de triomphe qui se lisait sur les traits de son mari tandis qu'il passait à côté d'elle et sortait bientôt de la pièce.

Rafe s'avança dans les caves du palais où était entreposée une quantité impressionnante de bouteilles de vin. Il était venu choisir un grand cru pour le dîner, mais en vérité, il avait besoin d'un peu de temps pour se ressaisir avant de se retrouver face à Lance. Trop de colère et de désir non assouvi rugissaient encore en lui. Il devait se dominer, reprendre le contrôle perdu à cause d'un seul baiser. Lequel avait prouvé une fois encore que Lise n'était pas la reine de glace qu'elle prétendait être, mais une femme en feu.

Il vérifia l'heure à sa montre et entendit un bruit de pas derrière lui.

— Où es-tu ? demanda la voix bien connue à l'accent britannique reconnaissable entre tous. Ah. Cave numéro deux. De plus en plus intéressant...

— Salut, Lance.

Son ami apparut sur le seuil, un verre de vin rouge à la main. Il regarda autour de lui et plissa les yeux en découvrant la statue de Bacchus se dressant dans un coin.

— Quelle horreur. J'ai un client qui l'adorerait. Tu crois que la reine accepterait de la vendre ?

En déambulant dans les sous-sols du palais, Rafe avait vu toutes sortes d'objets abandonnés.

— C'est possible. Je lui en parlerai, si tu veux.

Lance était l'un des experts en antiquités les plus réputés d'Europe. Il saurait ce qui valait la peine d'être conservé et, grâce à lui, ils pourraient peut-être se débarrasser d'objets encombrants relégués au sous-sol et prenant la poussière.

— Je ne sais pas si c'est le moment..., répliqua son ami d'un ton ironique. Que fais-tu ici ? Déjà en disgrâce après seulement quatre jours de mariage ? C'est un véritable exploit. Je ne crois pas que j'aurais pu faire mieux.

— J'étais descendu chercher une bouteille pour le dîner.

— Comme tu peux le voir, j'ai déjà été servi, dit Lance en levant son verre pour faire scintiller le vin couleur rubis dans la lumière.

Puis il le porta à ses lèvres et en but une longue gorgée.

— Excellent. La reine s'est montrée très charmante avec moi. Elle a demandé à un employé d'aller jeter un coup d'œil dans tes appartements. Étrange de faire chambre à part, pour un couple de jeunes mariés...

Pas question d'alimenter la curiosité de Lance.

— Nous ne faisons que respecter les habitudes du palais.

Son ami inclina la tête de côté.

— Si tu le dis...

— Que veux-tu que je te dise d'autre ?

Sa voix lui parut distante, artificielle. Mentir à son meilleur ami s'avérait plus difficile qu'il ne l'aurait imaginé.

— Tout en nous demandant s'il fallait organiser des recherches, Lise et moi avons eu une discussion très agréable. Elle a fait allusion à Carl, comme si elle doutait qu'il eût vraiment existé.

Le cœur de Rafe s'arrêta un instant de battre, puis redémarra. Une douleur aiguë le traversa, remplacée aussitôt par une bouffée de colère. Il avait mis son âme à nu devant Lise et elle avait cru qu'il lui mentait ?

D'autre part, le nom de Carl ne devait pas être mentionné n'importe comment. Sa mémoire devait être entretenue avec respect, honorée.

— Je l'ai assurée que, bien que tu puisses être un goujat, tu n'étais pas un menteur, poursuivit Lance. Surtout à propos d'un tel sujet.

— Merci de ton soutien, répliqua Rafe d'un ton neutre.

— Tu n'avais pas parlé de lui depuis des années.

— As-tu dit cela à Lise ?

— C'est à toi de le faire, répondit Lance avec calme.

Rafe ne broncha pas.

— Mais bon, mufle ou pas mufle, *je* n'ai jamais été relégué dans les caves d'un palais, reprit son ami.

— Je t'ai dit que j'étais venu chercher une bouteille.

— Hum..., répliqua Lance d'un ton dubitatif. C'est le rôle du sommelier, il me semble. À propos, le personnel est intrigué. Je crois avoir entendu parler d'une histoire de... donjon. Ça chuchote pas mal, dans les halls.

Rafe se retint de serrer le poing. Il avait cru voir une ombre au bas de la porte de la chambre de Lise, juste avant de partir. Les employés les espionnaient, il en était certain.

— Ces rumeurs sont totalement injustifiées.

— S'agit-il de l'un de ces jeux pour adultes, du type la geôlière et le prisonnier ? insista Lance avec un sourire moqueur. Mais je t'aurais plutôt imaginé dans le rôle du geôlier, c'est plus ton style. Bien sûr, avec une jeune femme aussi exquise que Lise, je peux comprendre que l'on fasse des exceptions. Elle est vraiment délicieuse. Même moi...

— Ça suffit, Lance !

Son ami renversa la tête en arrière en éclatant de rire.

— Même les irréductibles finissent par succomber...

Il leva son verre en un semblant de toast.

— Cesse de jouer les maris jaloux. Tu as toujours si bien organisé ta vie, pardonne-moi d'être surpris de voir le tour que prennent les événements.

— Tu sais ce que je pense de l'amour.

— Je ne parlais pas d'amour... Toi, oui ? Comme c'est charmant.

— Rappelle-moi, pourquoi es-tu toujours dans ce pays et comment puis-je te faire expulser ?

— Tu es le roi. Appelle la Sécurité.

— Allergique aux mariages comme tu l'es, je pensais que tu aurais filé après la réception.

Lance se concentra sur une rangée de bouteilles.

— J'ai étudié la faune et la flore locales. J'ai fait des découvertes passionnantes.

Rafe retrouvait son ami. Lance aimait les femmes et celles-ci le lui rendaient bien, mais aucune d'entre elles n'avait réussi à le garder.

— Tu voulais me parler d'une situation délicate.

— Oui, acquiesça Lance en sortant une feuille de papier pliée en quatre de la poche intérieure de sa veste. Je connais quelqu'un qui souhaite quitter le pays mais ne peut pas récupérer son passeport.

— Dans quoi t'es-tu fourré ? demanda Rafe en plissant le front. C'est légal, au moins ?

— Je veille sur tes intérêts, et c'est parfaitement légal. Tu as des ennemis.

— J'en avais déjà à l'Académie ! Ils sont toujours là, les salauds.

Son ami le regarda d'un air grave et sérieux.

— Ils forment des clans. La reine est une inconnue. Les salauds, comme tu dis, choisissent leur camp.

Un frisson traversa Rafe. Il s'en doutait depuis longtemps, mais à présent, cela devenait très inquiétant. Il avait besoin de cohésion pour sauver l'économie. Pas de division.

— La ravissante demoiselle que j'aimerais dépanner refuse d'être utilisée comme un pion sur un échiquier dont elle ignore les règles. Si tu signes ce formulaire, je fais renouveler son passeport demain et je l'emmène avec moi.

— Pourquoi n'as-tu pas demandé à la reine, puisque tu es en si bons termes avec elle ?

Lance lui tendit le formulaire. Rafe lut le nom et haussa les sourcils.

— Sara Conrad ?

Il n'aurait pas dû être surpris. Le prince héritier avait eu des maîtresses, même après s'être fiancé. Rafe le savait de source sûre. Lise se faisait des illusions romantiques sur son frère et Sara, mais Sara avait-elle jamais aimé Ferdinand ? Rafe n'en était pas certain.

— Maintenant, tu sais pourquoi je ne me suis pas adressé à ta femme.

Rafe acquiesça d'un hochement de tête. Lise était tellement immergée dans son propre chagrin qu'elle pourrait ne pas comprendre que d'autres avançaient.

— Et que représente Sara pour toi ?

— Tu connais la façon de faire des aristocrates. Elle craint que des plans soient déjà engagés pour la marier de nouveau.

Ah. C'était pour cela que Lance l'aidait... Un goût de bile lui monta aux lèvres. Quelle qu'ait été la vérité sur la relation de Sara et Ferdinand, celui-ci était à peine enterré qu'on songeait déjà à marier sa fiancée avec un autre.

— Ceux qui l'entourent essaient de nouer de nouvelles alliances. Je fais d'une pierre deux coups, poursuivit Lance. J'aide une jeune demoiselle en détresse et, ce faisant, je déjoue un sale petit complot qui pourrait s'avérer dangereux.

Rafe se frotta la joue. La dispute dans les appartements de Lise, l'ombre au bas de la porte. Si leurs ennemis croyaient déceler des failles, ils feraient tout pour les creuser.

— Tu as un stylo ?

Lance en sortit un de sa poche. Rafe le prit et signa à l'endroit requis puis lui rendit le document.

— Merci, mon vieux. Tu veux que je m'en aille pour te laisser faire la paix avec Lise ?

— Non, tu restes, dit Rafe en secouant la tête. Le dîner nous attend et je m'en voudrais de décevoir le chef.

10

Rafe sortit de la salle à manger et se dirigea vers les appartements de Lise. Il avait compté profiter du petit déjeuner pour lui parler mais elle n'était pas apparue. Elle déjeunait dans sa chambre, lui avait dit le majordome.

Au lit. Mais sans lui.

Il avait l'impression qu'une éternité s'était écoulée depuis qu'il avait fait cette suggestion alors que cela s'était passé la veille. Incroyable comme tout pouvait changer en l'espace de vingt-quatre heures.

Arrivé devant la porte des appartements de Lise, il frappa. Avec un peu trop de fermeté, peut-être. Il inspira pour maîtriser l'impatience mêlée de colère qui frémissait en lui.

— Entrez.

Aucune inquiétude n'avait transparu dans sa voix. Peut-être n'avait-elle pas encore vu les gros titres des tabloïds.

Rafe entra. Elle se tenait à côté de la fenêtre du salon, le menton haut, le dos raide. Elle était bien plus petite que lui, mais dans cette posture elle semblait le dominer. Il ferait craquer ce vernis, cette carapace lisse qui dissimulait la femme passionnée qu'il avait serrée dans ses bras, goûtée...

Il traversa la pièce d'un pas nonchalant alors qu'il était prêt à bondir. Sa femme portait une nouvelle robe noire. À col montant et lui arrivant au-dessous du genou. Ceinturée à la taille. L'étoffe effleurant les seins pleins et les hanches rondes. Mais quoi qu'elle portât, il brûlait pour elle et ne concevait pas que sa soif de pouvoir, de reconnaissance, pût être supplantée par une autre soif...

— Tu as bien dormi, Lise ?

Elle tourna les yeux vers le lit défait visible par la porte ouverte de la chambre. Rafe aperçut le plateau abandonné, la nourriture à peine touchée. Des visions défilèrent dans son esprit. Du corps de Lise nu et chatoyant à la lumière du feu. D'elle creusant les reins pour mieux s'offrir à sa bouche affamée. Renversant la tête avant de basculer dans la jouissance. Les murmures extasiés jaillissant des lèvres entrouvertes tandis qu'elle s'agrippait à ses cheveux en répétant son prénom. *Rafe, Rafe...*

Le désir rugit en lui, implacable et impérieux. Son contrôle légendaire s'évaporait dès qu'il s'agissait de Lise. Les yeux bleus ne quittaient pas son visage, suivant chaque pas qui le rapprochait d'elle.

Rafe la vit déglutir nerveusement.

— Oui, merci. Et je ne peux que te féliciter de m'avoir recommandé le petit déjeuner au lit.

Elle se dirigea vers le lit en question tandis qu'il ne pouvait s'empêcher de suivre la douce ondulation des hanches. Elle se pencha, prit une tranche de pain grillé nappée de confiture et mordit dedans. Puis elle revint en mâchant lentement, lécha une miette restée sur ses lèvres...

— Et toi, tu as bien dormi ?

— Comme je te l'ai déjà dit, je n'ai pas de problèmes de sommeil.

Mais sa nuit avait été peuplée de rêves brûlants dans lesquels il s'enfouissait en elle, dans sa merveilleuse chaleur.

Lise haussa les sourcils d'un air hautain. Il connaissait cette expression, laquelle tendait à prouver qu'elle était tout de même la fille de son père. Sur certains points, en tout cas.

— Ah oui. Ta belle conscience, légère, pure...

Non, elle ne lui ferait pas cela. Il n'avait aucune raison de culpabiliser. Il l'imita et haussa un sourcil, la provoquant ouvertement. Le moment était venu de terminer ce qu'il avait commencé la veille.

— Je ne t'ai jamais prise pour une lâche.

Elle lui tourna le dos et regarda par la fenêtre.

— Je ne le suis pas, je...

— C'est pour cela que tu as menacé d'appeler la Sécurité et de me faire enfermer dans un donjon.

— Je t'avais demandé de partir, riposta-t-elle en faisant volte-face. Mais tu ne m'écoutes pas !

— Au contraire...

— Tu ne vaux pas mieux que les autres !

Elle tendit le bras et ponctua ses paroles en frappant l'air du doigt.

— *« À quoi bon participer à l'épreuve de descente des championnats, puisque tu ne peux pas la remporter ? » « Pourquoi apprendre à gouverner, puisque tu n'en as pas besoin ? » « Qui se soucie de savoir ce que tu penses sur quoi que ce soit, puisque tu dois te marier ? »*

Une fois qu'elle eut terminé, elle secoua la tête puis le regarda droit dans les yeux. Son regard à elle était glacial.

— *« Lorsque tu dis que tu veux que je parte, tu me demandes en réalité de rester. »* Non, Rafe. Tu entends peut-être ce que je dis, mais tu ne m'écoutes pas. Tu te fiches de ce que je veux.

Les sanglots entendus la veille au soir résonnaient encore dans ses oreilles. Il n'était pas près de les oublier.

— Je n'ignorerai pas un être en détresse, surtout quand il s'agit de ma femme. Combien de fois dois-je te répéter que tu n'es pas seule ?

Elle baissa les yeux sur ses mains nouées devant elle puis les desserra et les referma sur le dossier d'une chaise.

— Je ne mérite aucune compassion.

— Tu as besoin de mon soutien, dit Rafe en s'avançant vers elle. Je comprends que tu aies peur...

— Tu es d'une arrogance stupéfiante, l'interrompit-elle sèchement. Tu ne sais *rien*.

Ah non. Ça, il ne l'accepterait pas non plus.

— Mon arrogance, comme tu dis, est justifiée.

Il serra les mâchoires, les railleries de ses condisciples de l'Académie remontant du fin fond de sa mémoire. Du temps avait passé, depuis. Dorénavant, les parasites de l'aristocratie ne refusaient pas son aide quand ils risquaient de tout perdre.

— Le Groupe De Villiers soutient la plupart des plus anciennes entreprises lauritaniennes, lesquelles ont été ruinées à cause de la complaisance et du manque de soutien du gouvernement. Il n'y a rien ici que tu manges, boives ou portes qui ne soit lié à mon nom. Alors, dis-moi encore que tu n'as pas besoin de moi et je m'en irai sur-le-champ.

Il avait pris un risque, mais un risque calculé. Lise garda le silence. Il avait remporté une petite victoire. Le pays avait besoin de lui, mais il voulait qu'elle reconnaisse qu'*elle aussi* avait besoin de lui. Le silence dura. Rafe serra les mâchoires.

— C'est bien ce que je pensais. Tu ne peux pas. Maintenant, concernant hier soir...

Il inspira lentement pour tâcher d'apaiser l'orage qui grondait en lui.

— Nous devons être vus comme une unité, un tout indissociable. Une force indestructible. Toute autre attitude est inacceptable. Sinon, nous ne pourrons pas sauver le pays.

Lise n'avait pas bougé d'un centimètre, ses traits demeuraient indéchiffrables, jusqu'à ce qu'elle se mordille soudain la lèvre.

— Pour qui est-ce inacceptable ? Pour celui qui épluche chaque jour le contenu des journaux ? demanda-t-elle en redressant le menton. Tu sais ce que je vois quand je te regarde ? Un homme préoccupé par ses seuls intérêts.

Il ignora la sensation qui lui picota la nuque. Quelque chose ressemblant à une conscience. Non, il ne laisserait pas passer cela. Il secoua la tête.

— Tu me regardes et tu es terrifiée par ce que tu ressens.

— Ah ? Tu crois cela ? Lorsque *tu* me regardes, Rafe, que vois-tu ? La princesse ou la reine que je suis devenue ? Ou serait-ce la femme qui a dit à son père lors de leur dernière dispute qu'elle ne verserait pas une larme s'il mourait ? Qu'ils pouvaient tous les trois aller en enfer ? La femme qui a déclaré qu'elle renonçait à toute prétention à la couronne ?

Rafe la contempla, pétrifié. Elle avait renoncé à sa place dans l'ordre de succession pour éviter de l'épouser ? Elle le désirait si peu ? Un froid glacial le pénétra jusqu'au cœur.

— Quelqu'un d'autre t'a-t-il entendue prononcer ces paroles ?

— Oh ! ne t'en fais pas, répliqua-t-elle avec un petit rictus méprisant. Comme tu le sais, la Constitution m'oblige à signer une reconnaissance officielle de renonciation. Je ne vais pas perdre mon job au seul motif que je dis qu'il ne me plaît plus. Ce n'est pas aussi simple. Ton statut de roi est sauf.

Elle se méprenait sur ses intentions. Le moindre signe précurseur de déstabilisation serait désastreux. Et pourtant, ils se faisaient face comme des ennemis prêts à se battre.

— Ce n'est pas ce que je voulais dire.

— Pourquoi personne ne dit-il ce qu'il pense ? s'exclama-t-elle en levant les mains au ciel.

Très bien. Elle voulait de la franchise ? Pas de problème.

— En ce qui me concerne, c'est difficile parce que ma franchise a servi d'arme contre moi. Par exemple, j'ai mes raisons de ne pas parler de Carl. Lorsque j'ai essayé, après sa mort, mes condisciples de l'Académie ont utilisé sa mémoire pour me railler. Les seules fois où j'ai parlé de lui avec quelqu'un d'autre que ma famille ou Lance, c'était avec toi.

— Tu crois que je pourrais m'en servir pour te faire du mal ? répliqua-t-elle en écarquillant les yeux.

Il ne répondit pas. Parce qu'elle plus que quiconque avait le pouvoir de lui faire du mal, effectivement.

— Ce que j'essaie de t'expliquer, c'est que nous disons tous des choses horribles, surtout à nos parents. Des choses destinées à faire du mal mais que nous ne pensons pas. Tu crois que lorsque Carl est mort, je n'en ai pas voulu à ma mère et à mon père de nous avoir envoyés dans cette institution ? Si tes parents avaient vécu, ils t'auraient pardonnée comme les miens m'ont pardonné.

— Ils t'ont pardonné parce qu'ils t'aiment.

Quand elle se mordilla de nouveau la lèvre, Rafe ne sut que dire parce qu'il comprenait ce qu'elle sous-entendait, à savoir que ses propres parents ne l'aimaient pas. Et malheureusement, il craignait fort qu'elle eût raison.

— Nous devons cesser de lutter l'un contre l'autre. Ceux qui ont du pouvoir guettent le moindre de tes faux pas. Tu as blessé leur orgueil d'aristocrates en me choisissant au lieu de choisir l'un des leurs. Ils t'en veulent et ne demandent qu'à te punir de les avoir ignorés.

Lise redressa le menton d'un geste altier.

— Qu'ils essaient.

— Ils le font déjà. Tu n'as qu'à jeter un coup d'œil aux ragots qui circulent sur Internet. Ce n'est pas bon pour le pays.

Après un instant d'hésitation, elle hocha la tête.

— Tu as raison. Nous stagnons au lieu d'avancer alors que le temps presse. Mais j'ai une exigence...

Elle redressa le menton d'un cran supplémentaire.

— Plus de secrets entre nous.

— Entendu. Je suis ton plus grand soutien.

— Très bien, dit-elle en soutenant son regard. Prouve-le.

Rafe avait dit vrai. Les tabloïds regorgeaient d'histoires émoustillantes sur leur relation. En vérité, il fallait admettre que certains gros titres étaient drôles. « La reine dragon et les donjons », par exemple, le préféré d'Albert. Quant aux autres... Lise ne tolérait pas que la Couronne soit l'objet d'attaques aussi vulgaires. Et elle était horrifiée de voir la vitesse à laquelle ces ragots se propageaient, et la façon dont des détails insignifiants de la vie réelle pouvaient se transformer en fictions délirantes.

Elle et Rafe s'efforçaient de regagner le terrain perdu. Ils faisaient front ensemble, affichant l'image du couple parfaitement uni. Dieu merci, quand ils se montraient en public, ils étaient accueillis avec chaleur et enthousiasme, pas seulement par des sourires inquiets. Là, au moins, ils travaillaient en équipe. En privé aussi, l'atmosphère s'était légèrement détendue entre eux, et Lise devait reconnaître que c'était plus facile ainsi. Elle retrouvait l'homme qu'elle avait admiré autrefois. Celui qui lui avait donné l'impression que tout était possible. Mais il n'y avait plus aucun contact physique entre eux. Rafe était aimable, attentif. Respectueux et distant. Et chaque fois qu'il s'approchait d'elle, Lise brûlait de le toucher.

Sa raison lui disait toujours qu'il n'était pas bon pour elle. Son corps proclamait le contraire et réclamait la merveilleuse chaleur du sien. Ce dilemme la rendait folle. L'anxiété se mêlait au désir. Lui nouant le ventre. Lise avait l'impression d'être une toxicomane en manque. Elle avait besoin de l'oubli divin que seul le corps de Rafe pouvait lui procurer. De la douce béatitude qu'elle éprouvait dans ses bras. Le jour, elle pouvait s'immerger dans ses devoirs. Rencontrer des gens, écouter leurs préoccupations et inquiétudes, et même en apaiser certaines. Elle commençait à apprécier son rôle après avoir cru autrefois qu'elle ne l'avait jamais désiré et avoir été convaincue qu'elle serait incapable de l'assumer.

Puis venait la nuit, et Rafe envahissait ses rêves, jusqu'à ce qu'elle se réveille brûlante et haletante en murmurant son prénom.

Aucun interrupteur ne permettait d'éteindre ce désir. Il couvait constamment en elle et débordait au moment où elle s'y attendait le moins. Encore tout à l'heure, alors qu'ils travaillaient ensemble. Rafe était si beau, si viril, dans l'un de ses élégants costumes taillés sur mesure, ses cheveux bouclant nonchalamment sur le col. Elle aurait tant aimé y glisser les doigts. Repousser la mèche qui persistait à lui tomber sur le front…

— Majesté ?

Lise tressaillit violemment. S'aperçut qu'elle le regardait. Vit le petit sourire au coin de la belle bouche sensuelle. Son cœur fit un bond. Les experts réunis dans l'immense salle attendaient qu'elle s'exprime. Ils s'étaient tous engagés à garder le silence concernant l'état réel de l'économie du pays jusqu'à ce que des solutions valables soient envisagées. Ils avaient passé la journée à étudier diverses options... et elle, elle fantasmait comme une idiote.

— Je propose de supprimer les indemnités de déplacement des parlementaires, dit-elle, consciente de l'émoi qu'une telle mesure provoquerait parmi les membres du Parlement. Voyager en première classe est un luxe dont ils peuvent se passer.

Elle s'interrompit et étouffa un bâillement. Elle avait besoin d'un café et de solitude. Pour pouvoir respirer librement.

— Mesdames et messieurs, je propose de faire une pause. Je suis certaine que vous apprécierez de vous dégourdir les jambes et de consulter vos messageries. Nous reprendrons dans vingt minutes. Un assortiment de boissons vous sera proposé à l'extérieur.

Des murmures d'acquiescement parcoururent l'assemblée. Les experts franchirent les uns après les autres les baies vitrées donnant sur le patio surplombant les jardins. Elle était seule, enfin. Lise tourna les yeux vers l'imposant portrait accroché au mur derrière elle. Celui de la reine Marie, la dernière grande souveraine de Lauritania. Son arrière-arrière-grand-mère, vêtue d'une magnifique robe de soie bordeaux et parée de bijoux somptueux. Elle avait l'air si sereine... Elle avait régné durant soixante-dix ans et avait fait beaucoup pour son pays. Quel conseil lui donnerait-elle, alors que ses parents ne lui en avaient donné aucun ?

— Tu lui ressembles.

La voix grave et douce de Rafe la fit frissonner. Lise ne l'avait pas entendu rentrer dans la salle de conférences. Il était tout près d'elle.

Elle se concentra sur le portrait de la reine Marie.

— En quoi est-ce que je lui ressemble ?

— Vous avez les mêmes yeux.

Bleus comme les siens, ils semblaient lire en elle, presque la juger. Lui rappelant qu'elle n'avait pas le droit d'échouer.

— Bleu acier, à l'image de la détermination farouche de ton aïeule et de la tienne.

— Tu te moques de moi ! La comparaison est absurde. Je ne suis pas *farouchement* déterminée...

— Tu n'as jamais été l'objet de ta colère.

— Toi non plus.

— Lorsque tu m'as menacé de me faire couper la tête ou de m'enfermer dans le donjon…

Il se posa la main sur le cœur.

— J'ai craint pour ma vie.

N'étaient les yeux pétillant de malice, Lise aurait presque pu le prendre au sérieux.

— Je ne te crois pas ! s'exclama-t-elle en riant. Pas une seconde !

Rafe leva de nouveau les yeux vers le portrait.

— Tu pourrais être surprise.

— Que crains-tu ?

Il se concentra sur elle et scruta son regard, avec une telle intensité que Lise eut du mal à ne pas détourner les yeux.

— La reine Marie n'a jamais été oubliée. Et tu ne le seras pas non plus.

Rafe avait l'air si sincère…

— Tu crois ? demanda-t-elle dans un souffle.

— Je ne le crois pas, je le sais.

Lise sentit la chaleur lui monter aux joues. Il était si doué pour faire des compliments. Autrefois, elle y avait cru, s'était repue de ses paroles. Cependant, Albert lui avait dit la même chose, et elle croyait ce qu'il disait…

— Tu ne vas pas rejoindre tes admiratrices et tes admirateurs ? demanda-t-elle d'un ton faussement désinvolte. Ils ont apprécié ce que tu as dit.

— Ils me verront assez ces prochains jours. Et la seule personne dont je souhaite être admiré, c'est toi.

Impossible de respirer normalement quand il disait ce genre de chose.

— Je ne sais pas si cette remarque est appropriée.

— L'*approprié* n'est pas exactement mon style. Tu veux un café ?

Sans attendre sa réponse, il se dirigea vers la table installée dans un coin, sur laquelle se trouvait une grande carafe isotherme contenant du café fraîchement passé. Il en versa dans une tasse, y ajouta une goutte de lait, un sucre et demi, puis revint vers elle et lui tendit la tasse. Lise la prit et en but une gorgée.

— Tu as l'air… fatiguée, Lise.

— Nous avons les mêmes horaires. Je ne suis pas plus fatiguée que toi.

— Peut-être, répliqua-t-il en se passant la main sur la mâchoire. Mais j'aimerais être sûr que tu prends soin de toi. Cela fait partie des attributions d'un mari, il me semble.

Il s'était rapproché. La chemise blanche était entrouverte à l'encolure, laissant entrevoir un peu de la toison brune…

— Je dois trouver des solutions, déclara-t-elle fermement.

— Et tu en trouveras. La proposition de réduire les services publics en ne remplaçant pas les départs naturels vient de toi. Tu assumes une part de l'austérité, en vendant le yacht royal, par exemple. La politique budgétaire, ça s'apprend. Mais tu possèdes une qualité qui ne s'acquiert pas. L'humanité. Le désir d'apporter quelque chose au peuple, pas de le léser.

Lise but une dernière gorgée de café.

— Je ne suis pas la seule à vouloir œuvrer dans ce sens.

— Tu te soucies des inégalités, reprit Rafe en lui prenant doucement la tasse des mains. Pense aux organisations que tu as soutenues.

Son cœur s'emballa, ralentit… Lise se posa la main sur la poitrine comme si cela pourrait le stabiliser.

— Comment l'as-tu su ?

Elle avait agi dans l'ombre, ne recherchant ni les éloges ni les remerciements, espérant qu'en apportant son aide à titre privé, son père la laisserait continuer. Mais non.

— Par des gens qui s'intéressent sincèrement à notre pays, et qui ont apprécié ton engagement et ton dévouement.

Son père lui avait dit de confier ce travail à son frère, mais Ferdinand se fichait de créer des foyers pour les jeunes sans-abri ou les femmes fuyant les violences conjugales. Lise avait toujours pensé que personne ne prêtait attention à ce qu'elle faisait. Les organisations qu'elle avait tenté d'aider avaient souffert de son retrait forcé.

— Tout le monde ne l'appréciait pas, dit-elle en baissant les yeux sur son alliance qu'elle fit tourner autour de son doigt.

— Ton père avait tort de penser que tu devais t'en tenir aux chiots et chatons abandonnés.

Lise redressa la tête et le regarda. Rafe et le roi avaient dû en parler au cours de leurs nombreux entretiens, quand ils discutaient de son avenir sans elle.

— Ils méritent eux aussi que l'on s'occupe d'eux.

Mais elle n'avait jamais été autorisée à adopter l'un des chatons ou des chiots qu'elle avait pourtant contribué à sauver. Seuls les animaux de race étaient acceptés au palais.

— Oui, acquiesça Rafe. Mais tu voulais faire davantage. Les gens l'ont remarqué. Comme lorsque tu as été obligée de renoncer aux compétitions de ski. Tout le monde a entendu ce que ton père a déclaré, à savoir que tu devais te consacrer à tes fonctions officielles maintenant que tu étais en âge de le faire. Ce que les gens ont vu, c'était ton abnégation et ton acceptation du rôle qui te revenait.

— La colère explosait peut-être derrière les portes closes.

Non. Pas à l'époque. C'était arrivé le jour où l'illusion d'un avenir lumineux avec un homme qu'elle aurait pu aimer avait été pulvérisée sans pitié par son père.

— Peut-être. Mais tu devais représenter le pays aux championnats d'Europe. Un accès de colère t'aurait été pardonné, dans ce cas précis.

Lise secoua la tête. Une mèche s'échappa de son chignon. Rafe leva la main, hésita, puis lui glissa la mèche derrière l'oreille. Un frisson délicieux la parcourut tout entière.

— Des gens ont trouvé injuste que tu ne puisses pas aller jusqu'au bout de ce que tu avais entrepris.

— Quels gens ? De qui parles-tu ?

— De tes loyaux et obéissants sujets, dont je fais partie.

— Oh ! non, là tu exagères ! Tu n'as jamais obéi à personne un seul jour de ta vie.

Il se rapprocha, Lise huma les notes d'agrumes de son eau de toilette, auxquelles se mêlait une note boisée qui lui évoquait la brise automnale de la montagne qui resterait toujours associée à lui.

Puis il pencha la tête et lui murmura à l'oreille :

— Je peux l'être si je le décide. La plupart des individus n'en sont pas dignes.

— Et moi ? Je le suis ?

— Certaines personnes te voient comme une figure essentielle de l'avenir de Lauritania, pas une reine-potiche.

— Tu as tellement foi en moi.

Le jour de son sacre, la couronne qu'on lui avait placée sur la tête avait été trop lourde. Pas faite pour elle. À l'instar de son rôle de reine. À présent, avec le soutien de Rafe, Lise commençait à croire qu'elle s'était trompée. Qu'elle serait peut-être capable de s'approprier ce rôle…

— Tu as une passion et une détermination que Hasselbeck et ses acolytes ne comprennent pas. Ils veulent que rien ne change, et pour cela il leur faut un monarque docile. Tu ne le seras jamais, et elle est là pour te le rappeler.

Rafe leva les yeux vers le portrait de la reine Marie puis regarda Lise. Les uns après les autres, les experts rentraient dans la salle de conférences et reprenaient leur place autour de la grande table ovale. Mais il ne leur prêtait aucune attention, il continuait de la regarder, comme si elle seule comptait.

— Ils redoutent que tu croies en toi, Lise. Et lorsque ce sera le cas, ils craindront la reine que tu seras devenue.

11

Rafe se réveilla dans l'obscurité et souleva son smartphone. 3 heures. Il roula sur le flanc. Un rai de lumière filtrait au bas de la porte communiquant avec la chambre de Lise. Il descendit du lit et enfila un pantalon de pyjama puis s'avança vers la porte.

Il frappa. Pas de réponse. Il frappa de nouveau, plus fort. Aucun bruit ne parvenait de la pièce voisine. Il ouvrit doucement la porte et s'avança.

Le seul éclairage provenait d'une lampe de chevet. Le lit était ouvert mais intact. Il jeta un coup d'œil dans la salle de bains : personne. Après le dîner, Lise avait paru épuisée, bâillant lorsqu'elle croyait qu'il ne la regardait pas. Elle avait pris un expresso. Corsé. Ce qui ne lui ressemblait pas.

Il regagna sa chambre et passa une chemise avant de s'avancer pieds nus dans les halls déserts et silencieux. Les portraits des ancêtres de Lise le toisaient de leurs regards sévères ou méprisants tandis qu'il partait à la recherche de Lise. Personne ne s'était soucié d'elle. Ni son père, ni sa mère, ni son frère. La laissant face au chaos qu'ils avaient créé sans l'y avoir préparée. Il franchit la porte de verre donnant accès à la piscine mais elle ne s'y trouvait pas non plus. Il repartit en sens inverse et prit la direction du bureau.

De la lumière filtrait au bas du lourd panneau de chêne. La porte était entrebâillée, il entra. Lise était affaissée sur le bureau et dormait, la tête sur ses bras repliés. L'ordinateur était allumé, le blason royal glissait paresseusement sur l'écran verrouillé. Une tasse vide et une théière avaient été repoussées dans un coin. L'odeur de plantes le fit sourire. Elle appréciait son infusion.

Des feuilles de papier étaient étalées sur le bureau, recouvertes de sa fine écriture racée. Des notes. Des idées. Des lignes biffées, d'autres soulignées. Il ne les examina pas de plus près, fasciné par le visage au teint pâle, les cils clairs reposant sur les joues encore plus claires.

Elle portait un peignoir gris perle. Il tendit la main et lui caressa les cheveux, repoussa quelques mèches du front lisse. Elle ne réagit pas, mais un long soupir s'exhala de ses lèvres.

Rafe passa un bras autour du dos courbé, l'autre sous les jambes et souleva le corps mince. Cette fois elle remua légèrement, protesta d'une voix endormie puis se raidit.

— Chut..., murmura-t-il. Tu t'es endormie sur ton bureau. Appuie la tête contre moi.

Il attendit une seconde. Deux. Entendit un murmure incompréhensible. Il attendit encore une seconde. Elle referma le bras autour de sa nuque et blottit la tête dans son cou tandis qu'il retrouvait avec délice la sensation du corps doux et chaud abandonné dans ses bras.

Une fois dans la chambre de Lise, il s'avança vers le grand lit, et la tentation de s'y étendre avec elle faillit avoir raison de lui. Arrivé à côté du lit, il se pencha pour y déposer son précieux fardeau, lorsque Lise s'agrippa à lui de toutes ses forces.

— Non.

Il se redressa. Elle se lova contre lui. Rafe resta figé, attendant qu'elle se rendorme. Quand il la sentit peser dans ses bras, il appuya la tête contre la sienne et respira le parfum de fleurs sauvages. Elle avait besoin de dormir longtemps et profondément, mais elle ne voulait toujours pas qu'il la lâche. Il n'avait pas le choix.

Lentement, il s'installa sur le lit en la gardant dans ses bras. Elle souleva les paupières. Confuse, encore à moitié endormie, elle le regarda. Rafe roula sur le dos, l'entraînant avec lui.

— Repose-toi, maintenant, dit-il en lui caressant le flanc.

Il s'imprégna du long soupir de bien-être qui franchit les lèvres de Lise en même temps qu'elle enfouissait le visage dans le creux de son épaule et lui posait la main sur le cœur.

Rafe tendit le bras et éteignit la lampe de chevet. La lassitude l'envahit. Ils avaient travaillé dur, elle et lui. Mais il y avait autre chose. Une sensation étrange et inconnue qu'il mit un moment à identifier. Un profond sentiment de plénitude. Lise le détesterait peut-être au réveil. Peu importait. Elle était de nouveau dans ses bras, et cela seul comptait.

Son cœur lui martelait les côtes tandis qu'elle cherchait désespérément quelque chose à quoi se raccrocher. N'importe quoi. Elle devait tenir bon. Même si elle ne se rappelait pas pourquoi... Mais elle tombait. *Tombait.*

Elle essaya d'aspirer de l'air mais sans succès. Elle s'accrocha à la première chose qui...

— Calme-toi, Lise... Je suis là. Je te tiens.

Cette voix douce. Où était-elle ? Lise ouvrit les yeux et battit des cils. Dans son lit, les mains agrippées à la chemise d'un homme.

— Tu as fait un cauchemar.

Rafe. Elle ne pouvait se résoudre à lâcher sa chemise. Des choses horribles se produiraient si elle renonçait.

— Je t'ai trouvée endormie dans ton bureau et j'ai voulu te mettre au lit. Tu t'es accrochée à moi.

Tout lui revint à la mémoire. Tous ces chiffres. Ils avaient fini par se confondre tandis qu'elle essayait de déchiffrer des listes et des tableaux auxquels elle ne comprenait rien. Elle avait posé la tête sur le bureau pour se reposer un instant. Ensuite elle s'était réveillée blottie comme une enfant dans des bras musclés. On la portait. Elle ne pesait plus rien. Jusqu'à ce qu'elle ait l'impression d'être lâchée et de tomber dans le vide.

Elle se mit à trembler de la tête aux pieds.

— J'ai froid. Pourquoi ai-je toujours froid, Rafe ?

— Je ne sais pas, dit-il en la prenant dans ses bras. Mais je suis là.

Doucement, il appuya le front contre le sien et la serra contre lui jusqu'à ce qu'elle cesse de trembler. La merveilleuse chaleur se propagea en elle. Lise resta immobile. Leurs jambes étaient entrelacées. Leurs corps mêlés. Rafe remua et... Elle sentit la puissante érection pressée contre son ventre et tressaillit violemment.

Lise s'écarta pour le regarder. Les boucles brunes lui tombant sur le front. La barbe de deux jours assombrissant ses mâchoires. Elle posa les mains sur le torse chaud, là où elle avait froissé sa chemise en s'accrochant à lui. Lentement, elle laissa glisser ses mains, explorant le corps viril. Le regard de Rafe descendit sur ses lèvres. Elle leva une main et effleura les siennes du bout des doigts. Il les mordilla. La chaleur déferla en elle, le désir la submergea. Les effluves frais et boisés la grisaient. Elle bascula les hanches en avant ; les yeux sombres étincelèrent.

— Tu es sûre ? demanda-t-il, la voix rauque de désir.

Elle se pressa contre lui, le corps en feu. Il renversa la tête en arrière, ferma les yeux et laissa échapper une plainte qui attisa le désir de Lise. Elle posa les lèvres sur la gorge offerte, inhala la senteur musquée de sa peau.

Seuls les bras de Rafe avaient le pouvoir de la réchauffer. Eux seuls lui faisaient oublier la culpabilité qui la rongeait. Ses lèvres et ses mains annihilaient les peurs qui la hantaient. Avec lui, elle retrouvait l'envie de rire. Elle se sentait forte et capable de tout. Grâce à lui, elle commençait à reprendre confiance en elle. Alors, pourquoi ne pourrait-elle pas s'abandonner complètement, pour une fois ? Cesser de lutter contre ses désirs ?

— Oui.

Le regard de Rafe s'embrasa.

— Tu veux que j'aille chercher un préservatif ?

— Non, murmura-t-elle. C'est bon.

Elle avait des cycles réguliers et attendait ses règles d'un jour à l'autre.

— Et j'ai confiance en toi, chuchota-t-elle.

Ses paroles la suffoquèrent. Elle était sincère. Elle avait entièrement confiance en Rafe.

Ensuite, tout l'univers bascula. Il s'installa au-dessus d'elle, la puissante érection appuyée là où elle brûlait de la sentir. Lise glissa les mains sous la chemise, les promena sur le dos musclé, savourant le frémissement qui le parcourut.

Il l'embrassa dans le cou, la faisant trembler, lui mordilla l'épaule. Elle passa les mains sous la ceinture du pantalon de pyjama. Rafe caressa un mamelon à travers l'étoffe. Lise creusa les reins pour mieux s'offrir à sa bouche tandis qu'il penchait la tête et aspirait la pointe gonflée, avant de redresser la tête. Elle poussa un gémissement de frustration.

— Tu veux quelque chose, Lise ?

— Trop de vêtements.

Elle fit passer sa chemise par-dessus sa tête, il s'en empara et la laissa tomber sur le sol. Puis il reprit sa bouche. Plus de douceur, cette fois, plus de délicatesse. Il s'agissait de conquête. Lise répondit avec la même fougue, leurs langues s'enlaçaient, se repoussaient. Leurs halètements emplissaient la pièce. Il fit glisser le peignoir de ses épaules puis remonta le débardeur qu'elle portait dessous. Fébrilement, ils se débarrassèrent l'un l'autre des dernières barrières qui les séparaient encore, jusqu'à ce qu'ils soient enfin nus. Leurs mains cherchaient, caressaient. Elle frissonna.

— Tu as encore froid ? Je vais te réchauffer.

Les grandes mains chaudes descendirent sur son ventre, se glissèrent entre ses cuisses.

— Écarte-les, ordonna-t-il. Pour moi.

Un violent frisson traversa Lise. Elle se détendit et obéit en retenant son souffle. Rafe lui effleura l'oreille avec ses lèvres, lui murmura qu'elle était belle, parfaite. Qu'elle était faite pour lui. Ses caresses la rendaient folle. Soudain, il écarta la main qui lui infligeait des tourments délicieux. Lise gémit. Il répondit par un rire de gorge terriblement sexy.

— Patience, murmura-t-il.

Son souffle lui caressait l'oreille. La main effleura un mamelon. Lise arqua le dos. Elle voulait plus que des effleurements. Comme s'il l'avait deviné, il fit rouler la pointe hyper sensible entre son pouce et son index.

Elle se tortilla sous lui. Elle voulait qu'il comble le vide qui béait en elle. Rafe se contenta de continuer à tourmenter le mamelon avec une lenteur démoniaque. De son autre main, il continuait de lui caresser l'intérieur de la cuisse.

— Rafe, je t'en supplie.

— J'adore t'entendre me supplier, dit-il, la voix tendue.

La puissante érection pesait sur la jambe de Lise. La main diabolique cessa enfin ses effleurements pour entreprendre de savantes caresses. Exacerbant le désir qui la ravageait. Elle n'avait plus froid, à présent. Elle brûlait.

Rafe se redressa au-dessus d'elle, le membre viril se retrouva entre ses cuisses. Lentement, lentement, il la pénétra, le regard rivé au sien.

— Dis-moi si je te fais mal, chuchota-t-il.

Lise ne désirait plus qu'une chose : qu'il assouvisse la faim qui la consumait. Il s'enfonçait en elle, de plus en plus profondément. Elle creusa les reins pour mieux l'accueillir tandis que des sensations inouïes déferlaient en elle. Un sentiment extraordinaire de complétude.

— Tu ne me fais pas mal, Rafe. Ne t'arrête pas... Je t'en supplie...

Il s'immobilisa et fouilla son regard. Quelque chose passa sur le beau visage viril. Une myriade d'émotions qui disparut en un instant.

— Accroche-toi à mon cou. Enroule tes jambes autour de mes hanches, murmura-t-il en lui glissant une main sous les reins. Bouge avec moi.

Lise obéit. Il se retira légèrement puis s'enfonça de nouveau en elle, instaurant un va-et-vient plus soutenu auquel elle s'accorda d'instinct. Il l'emplissait, attisant le feu qui brûlait en elle. L'emportant dans un voyage enivrant dont l'issue était irrévocable.

— Jouis, Lise. *Pour moi.*

Plus rien n'existait hormis la sensation de lui en elle. Sur elle. Plus rien ne comptait que l'union parfaite de leurs deux corps.

— *Rafe !*

Elle s'accrocha à lui et cria son prénom, encore et encore, submergée par le plaisir. Rafe prit sa bouche et l'embrassa sauvagement.

Les muscles bandés au maximum, le souffle court, Rafe la regarda. Rien ne l'avait préparé à la beauté de Lise en train de jouir. À la roseur magnifique de ses joues. Au corps arc-bouté, aux cris délicieux, à son abandon total dans l'extase. Il pencha la tête et baisa les lèvres frémissantes, recueillit le halètement qui les franchit quand il donna un vigoureux coup de reins et s'enfouit de nouveau en elle, au plus profond.

Lise était à lui. *Enfin.*

Les mains agrippées à ses cheveux, elle ondulait avec lui, se livrant à cette danse qu'il connaissait par cœur mais qui ne ressemblait à rien de ce qu'il avait connu auparavant. Il accéléra la cadence, mû par ce désir insatiable de gagner, de posséder, de satisfaire. Au-delà du sexe. Seule Lise pouvait assouvir ce désir.

Ces petits cris qu'elle poussait maintenant, ces halètements. Ses propres gémissements tandis qu'elle tentait de le garder en elle.

Au frémissement qu'il sentit, là, tout au fond du sexe de Lise, Rafe comprit qu'elle approchait de l'orgasme. Il brûlait de la faire jouir à nouveau. Quand il redoubla le rythme de ses coups de reins, le corps de Lise se raidit, elle s'accrocha à lui, de toutes ses forces. Resserra ses muscles intimes. Impossible de résister à la marée qui déferla sur lui. Rafe céda à la jouissance à l'instant où elle s'y abandonnait.

Lorsque le calme revint, elle le regarda et sourit, l'air parfaitement détendue. Il lui caressa le dos jusqu'à ce que les tremblements qui l'agitaient cessent.

— Nous passerons la journée au lit, murmura-t-il.

Sa voix lui parut étrangère. Rauque et tendre à la fois. Pleine de promesses.

— Tout le palais doit nous avoir entendus, chuchota Lise.

Tant mieux. Tout le monde savait qu'ils étaient vraiment mari et femme, maintenant. Aussi unis dans la chambre qu'à la tête du pays.

— Faisons savoir à tout le palais que tu m'appartiens, lui murmura-t-il à l'oreille.

12

L'immense salle de réception rutilait de lumière et de couleur. Les bijoux chatoyaient, les étoffes bruissaient. Le Bal royal annuel était l'un des événements les plus attendus de Lauritania. Lise contempla les décorations, les fleurs. Les plats regorgeant de mets raffinés, les bouteilles de champagne. Mais tout ce qu'elle voyait en réalité, c'étaient les sommes colossales gaspillées en frivolités alors que les finances du pays étaient dans un état critique. Cependant, tout le monde se réjouissait de ce bal comme s'il était annonciateur de renouveau. D'autant plus que cette année, la date coïncidait avec la fin de la période de deuil national.

Lise s'écarta un peu de la foule et but une gorgée de champagne. Les bulles pétillèrent dans sa bouche. « Des petites bulles de bonheur », avait dit sa mère la première fois que Lise en avait bu à l'occasion de son seizième anniversaire. Elle n'avait jamais été convaincue que le bonheur se trouvât dans ces bulles, même s'il s'agissait de champagne millésimé. Ce qui émoussait les durs aspects de sa vie, c'était son mari. Étrange comme elle se sentait maintenant à l'aise avec ce mot. Ce soir, il était encore plus beau dans un smoking mettant en valeur son corps athlétique. Ce corps qui semblait fait pour lui donner du plaisir. Comme cet après-midi, alors qu'elle aurait dû se préparer pour le bal. Et se faire belle pour lui. Il était venu la rejoindre dans sa chambre, l'avait contemplée en silence, le regard brûlant, avait fait glisser la robe sur sa peau... La chaleur envahit Lise à ce souvenir. Il s'était montré insatiable, l'avait embrassée partout tandis qu'elle s'agrippait aux boucles indisciplinées. Ses cris résonnant dans la pièce tandis que les lèvres chaudes effleuraient son sexe, la goûtaient...

— Bonsoir, Majesté.

Lise se retourna, son sourire protocolaire aux lèvres.

— Bonsoir, monsieur le Premier ministre.

— Votre investissement personnel dans le redressement économique de notre pays a beaucoup de succès, semble-t-il.

Ce n'étaient pas des félicitations. Il ne l'avait jamais estimée ni appréciée, et elle ne l'oublierait pas de sitôt.

— Le peuple acceptera les décisions difficiles si tout le monde est concerné. Ceux qui possèdent le plus devraient contribuer en proportion de leur richesse.

Hasselbeck tiqua, pinça les lèvres. Il voulait la voir échouer. Lise le savait. Elle tourna les yeux vers Rafe qui s'entretenait avec l'ambassadeur de Grande-Bretagne. Il rayonnait, parfaitement à l'aise. Tout en parlant, il tourna légèrement la tête de son côté. Leurs regards se croisèrent et il lui fit un clin d'œil. Elle se sentit rougir.

Le Premier ministre suivit son regard et s'arrêta sur Rafe.

— Le mariage semble vous réussir, madame.

Les services de presse du palais communiquaient aux médias des éléments d'information sélectionnés avec soin. Les journaux parlaient désormais d'une union heureuse et harmonieuse qui ravissait le peuple. Pour Lise, c'était maintenant la vérité. Elle leva la main et effleura l'endroit où la maquilleuse avait, un petit sourire aux lèvres, escamoté les marques laissées par la barbe naissante de Rafe. Lise aimait ces marques de possession. Elle aimait appartenir à Rafe.

— En effet, acquiesça-t-elle en reportant son attention sur son Premier ministre.

Il se pencha vers elle, l'air presque complice. Lise s'interdit de reculer, consciente des regards braqués sur eux.

— Vous savez qu'il était à l'Académie avec mon fils ? La famille

De Villiers a toujours nourri de grandes ambitions. Sa Majesté était le plus ambitieux de tous, déjà à l'époque.

Lise se força à rire et soutint le regard de Hasselbeck.

— Il n'y a rien de mal à vouloir s'améliorer. C'est une noble attitude.

— On parle de moi ?

La voix de Rafe était froide et distante. Elle le regarda, remarqua la raideur de ses épaules. Disparu l'homme détendu et souriant qui charmait ses interlocuteurs encore quelques minutes plus tôt.

— Nous nous félicitions seulement que vous soyez d'un si grand soutien pour la reine.

Hasselbeck sourit, de toutes ses dents.

— À propos, Lady Conrad semble avoir retrouvé le bonheur, si j'en crois la rumeur. Avec celui qui a été le témoin de votre mariage... L'ami de Sa Majesté.

Lise tressaillit intérieurement. Sara... avec Lance ? Il avait énormément de charme, certes, mais elle avait vraiment du mal à imaginer Sara s'intéressant à ce genre d'homme.

Se trompait-elle ? Rafe n'avait pas l'air surpris...

— Effectivement, dit-il en lui posant la main sur les reins. Elle avait exprimé le désir de voir l'Angleterre et, en parfait gentleman, mon ami lui a proposé de l'emmener puisqu'il rentrait justement dans son pays.

Lise en lâcha presque sa flûte de champagne. Comment se faisait-il que Rafe soit au courant et pas elle ?

— Quelle aubaine pour Lady Sara, fit Hasselbeck d'un ton sarcastique.

— Oui, acquiesça Rafe. Tout le monde mérite de temps en temps d'échapper aux exigences du devoir et aux attentes familiales, n'est-ce pas ? Mais il se fait tard. Nous allons nous retirer, Sa Majesté et moi.

Quand il l'entraîna vers la double porte grande ouverte, Lise s'efforça de garder les traits impassibles alors qu'elle était profondément blessée. Leur départ fut annoncé. Elle sourit aux invités. *Plus de secrets entre eux*. Rafe avait été d'accord. Depuis leur mariage, elle essayait en vain de joindre Sara. Que se passait-il ? Elle se sentait glacée. Dès qu'ils furent sortis de la salle de bal, Rafe écarta la main de ses reins et la sensation de froid s'accentua encore.

— Tu peux t'expliquer, s'il te plaît ? demanda-t-elle sèchement.

— Pas ici, répliqua-t-il d'une voix dure avant de sourire à un employé qui s'inclinait sur leur passage.

Il se retranchait dans la rudesse, l'insensibilité ? Très bien. Lise laissa le froid se répandre dans ses veines, chassant toute la chaleur que Rafe avait apportée dans sa vie.

Rafe s'effaça pour la laisser entrer alors qu'il avait envie de pousser brutalement la porte et de passer devant sa femme. Elle lui demandait des explications ? Pas de problème. Après avoir entendu ce qu'elle avait répliqué à Hasselbeck, il était en droit de lui en demander aussi.

Elle s'avança vers la fenêtre, la robe de soie gris tourterelle incrustée de cristaux étincelant au moindre mouvement. La défunte reine avait été réputée pour sa beauté froide, distante et inaccessible. À cet instant, Lise était le portrait tout craché de sa mère.

La soirée n'aurait pas dû se terminer ainsi. La guerre froide ne leur avait jamais réussi. Il ôta son nœud papillon, sa veste, la posa sur le dossier d'une chaise, puis déboutonna sa chemise à l'encolure. Ce soir, Lise avait ébloui tout le monde, sortant enfin du deuil et renonçant au noir. Tous les yeux avaient été braqués sur la jeune reine tandis que lui ne pensait qu'à une chose : que cette femme superbe était à lui.

Et pourtant, elle semblait penser qu'il avait adopté une *noble attitude* en *s'améliorant*. Comme s'il n'était pas assez bon pour elle. Rafe serra les poings, les desserra et plia les doigts. Ils devaient s'expliquer. C'était impératif. Chaque nuit ils dormaient dans le même lit, brûlant de la même passion, du même désir. Chaque jour ils travaillaient ensemble à sauver le pays. Ils construisaient quelque chose. Quelque chose de solide et d'indestructible. Hasselbeck et ses acolytes pouvaient garder leurs sales intrigues pour eux.

Il essaya d'apaiser la colère qui bouillait en lui. Lise se retourna, les diamants étincelant sur sa gorge. Il inspira profondément, préférant ne pas parler pour l'instant, détacha ses boutons de manchette et les posa sur la commode.

— Quand comptais-tu me le dire, pour Sara ? demanda-t-elle d'une voix glaciale.

Comprenant qu'elle n'était pas au courant du départ de son amie, il en avait parlé pour la sauver de l'embarras et empêcher le Premier ministre d'envenimer la situation – ainsi que, de toute évidence, il brûlait de le faire.

— Il n'y a rien à dire. Elle voulait quitter le pays et avait besoin d'un passeport. J'ai validé sa demande. Elle est partie.

— *Tu* as validé sa demande de passeport ? Sara est *mon* amie. La fiancée de mon frère…

Le visage de Lise se décomposa mais elle se ressaisit aussitôt et sa froideur se transforma en profond dédain.

— Et tu as jugé bon de ne pas m'en parler ?

— Tu pleurais les tiens, dit-il en haussant une épaule.

Et si Sara avait voulu que Lise soit au courant, elle lui en aurait parlé elle-même.

— Et j'ai pensé…

— J'avais *exigé* que tu n'aies plus de secrets pour moi.

Elle serrait les poings, tremblait de la tête aux pieds.

— Tu m'as caché le départ de Sara. Il aura fallu que je l'apprenne par Hasselbeck qui ne cherche qu'à m'humilier. Comment as-tu pu me faire cela ?

— C'est *moi* qui t'ai fait quelque chose ?

La conversation dérapait. Rafe leva les mains pour calmer Lise. Sans oublier ce qu'elle avait dit à Hasselbeck.

— Vous sembliez très amis, toi et lui, tu riais en évoquant mes efforts visant à… *m'améliorer.*

Elle fit deux pas vers lui, la tête haute.

— Je ne pouvais pas vraiment rabrouer mon Premier ministre devant des centaines d'invités, répliqua-t-elle, les mâchoires crispées. Mais permets-moi de te poser une question, puisque ton ambition est *réputée*. M'aurais-tu épousée si j'avais simplement été Lise Betencourt ? M'aurais-tu aimée si j'avais été une simple roturière ?

Ces paroles lui firent l'effet d'une douche glacée. Aimée ? Depuis quand cette notion s'appliquait-elle à leur relation ?

— Nous avons en commun la passion et la détermination.

L'amour ? Ils n'en avaient pas besoin. Il s'avança lentement vers Lise en s'efforçant de refouler l'envie de hausser le ton. Pour la forcer à regarder la vérité en face.

— Mais nous sommes qui nous sommes et ne pouvons rien y changer. Tes questions sont donc dénuées de sens.

— Au contraire. Elles sont *fondamentales*. Tu voulais la couronne. Le pays. Le pouvoir. Pas moi. *Jamais* moi.

Elle se recroquevilla sur elle-même, comme si elle avait reçu un coup.

— Mais tout va bien puisque tu es devenu roi et l'un des hommes les plus puissants d'Europe, enchaîna-t-elle.

Rafe détestait cette voix éteinte. Il préférait essuyer sa rage, ses insultes plutôt que cette absence totale d'émotion.

— Lise...

— Ne m'appelle pas par mon prénom.

— Pardon ?

— Je ne suis pas et n'ai jamais été Lise pour toi, dit-elle en se redressant. Tu n'as jamais vu en moi que la princesse puis la reine de Lauritania. Eh bien, c'est à elle que tu auras affaire désormais.

Il serra les mâchoires pour endiguer sa propre rage.

— Tu cours après des ombres, alors que notre collaboration, nos avancées, *ça* c'est réel et authentique.

— Tu veux que nous discutions d'authenticité ? riposta-t-elle avec dédain. Je te vois pour ce que tu es. Le fils de paysans ambitieux qui convoitait la couronne et l'a obtenue.

Rafe eut un mouvement de recul. Plus atteint que si elle l'avait giflé. Il avait cru que Lise était différente des autres. Qu'en lui elle voyait plus que son histoire, son passé. Mais finalement, ce qu'ils avaient partagé ne pesait rien. Les paroles qu'il avait entendues tout à l'heure révélaient la vérité de Lise. Elle était toujours une aristocrate et lui une salissure qu'elle foulait aux pieds.

— Tu vas trop loin, dit-il, le pouls lui martelant les tempes. Lorsque tu seras assise sur ton trône, demande-toi ce que vous seriez sans moi, toi et le pays ? Rien. Et ton Premier ministre se rirait ouvertement de toi.

Elle carra les épaules et le toisa d'un regard dur et froid.

— C'est toujours mieux que d'être ta marionnette.

Comment avait-il pu se laisser duper ainsi ? Il secoua la tête. Ils étaient tous les mêmes. C'était une caste hermétiquement fermée. Et lui resterait toujours un étranger.

— Si c'est ce que tu penses, nous n'avons plus rien à nous dire.

Rafe s'inclina profondément devant elle.

— Bonsoir, Majesté.

Puis, récupérant ses boutons de manchette au passage, il quitta la pièce en claquant la porte derrière lui, saisit la vieille clé en fer posée sur le guéridon, la glissa dans la serrure et la tourna.

13

Debout devant la fenêtre de son bureau, Lise contempla les arbres aux feuillages dont les teintes allaient du pourpre au doré. L'automne était bien installé, à présent. Bientôt il gèlerait, puis viendrait l'hiver. Mais c'était toujours l'hiver pour elle. Encore plus maintenant.

Elle n'avait pas vu Rafe depuis deux jours. Il ne se montrait pas aux repas. Aucune lumière ne filtrait le soir au bas de la porte séparant leurs deux chambres. La porte fermée à clé. La souffrance lui étreignit la poitrine, aussi vive que le soir du bal. Il avait menti en disant qu'il ne lui cacherait plus rien. Lui non plus ne pourrait jamais l'aimer. Mais ce n'était pas tout. Elle revoyait sans cesse les yeux écarquillés de Rafe, la souffrance qui se lisait sur ses traits, son mouvement de recul.

« Le fils de paysans ambitieux qui convoitait la couronne... »

Lise se méprisait d'avoir été aussi cruelle et elle n'était pas fière parce qu'elle avait su ce que ces mots feraient à Rafe. Un jour, elle lui avait demandé s'il croyait qu'elle pourrait lui faire du mal et il n'avait pas répondu. À présent, elle comprenait que son silence équivalait à un « Oui. » Car elle avait fini par le blesser en plein cœur. Froidement, délibérément. Comme lui l'avait blessée, mais cela n'excusait en rien sa propre attitude.

Et maintenant, elle avait l'impression que son propre cœur saignait, comme s'il avait pris un coup mortel. Elle aimait Rafe.

Inutile de tenter de se persuader du contraire. L'amour lui était tombé dessus au moment où elle ne l'attendait plus.

Pourquoi ? Lise n'en savait plus rien. Elle avait passé tant d'années à croire que personne ne pouvait l'aimer que c'était en quelque sorte devenu sa réalité. Cependant, elle comprenait maintenant qu'avant de pouvoir aimer quelqu'un, elle devait d'abord apprendre à s'aimer elle-même. Elle resserra les pans de sa veste sur son buste. Elle se détestait d'avoir fait preuve d'une telle cruauté envers Rafe, mais elle avait pris conscience d'une chose primordiale. Elle avait de la valeur et était digne de confiance. Rafe le lui avait dit et il avait eu raison. Elle avait survécu, était devenue plus forte. Elle s'était approprié son rôle de reine et l'appréciait parce qu'il lui permettait de faire de grandes choses, de faire du bien. C'était Rafe qui le lui avait appris. Ç'avait été douloureux mais elle avait découvert sa valeur en tant que femme. Ne méritait-elle pas d'avoir une vie remplie de joie et d'amour ?

Son mariage était vide. Ses rêves de le voir se transformer anéantis. Que lui restait-il ? Elle ne pouvait pas divorcer. La stabilité du pays et l'avancée timide visant à redresser l'économie reposaient sur Rafe et elle. Ils étaient voués à rester ensemble. *Jusqu'à la mort.*

Lise leva la main et regarda son alliance, lorsque, soudain, un morceau d'émail bougea, laissant apparaître un petit panneau d'or, semblable à une porte minuscule, sur lequel l'une des fleurs délicates en émail était reproduite. Lise le souleva délicatement. Quelque chose était gravé dessous, sur le corps de la bague.

« Mon cœur, »

Son pouls s'accéléra. Elle fit glisser l'anneau de son doigt, puis souleva un autre panneau avec son ongle.

« mon âme. »

Elle en souleva un autre, puis un autre.

« Mon commencement, » « ma fin. »

Le cœur battant à tout rompre, Lise fit tourner la bague entre son pouce et son index. Le message entier était maintenant visible. Le secret que, sans le savoir, elle portait chaque jour depuis que Rafe la lui avait glissée au doigt.

« Mon cœur, mon âme. Mon commencement, ma fin. Jusqu'à la mort. »

Sa vision se brouilla, les larmes roulèrent sur ses joues. Elle avait toujours rêvé qu'un homme pense à elle en ces termes. Mais qu'en était-il vraiment ? L'alliance était un bijou de famille, elle le savait. Mais tout de même, pourquoi lui offrir un objet aussi sentimental si cela ne signifiait rien ?

Lise se posa la main sur le cœur. Elle ne pouvait ni bouger ni respirer. Ce message secret pouvait-il être... un début ? Elle contempla de nouveau l'alliance. Aimer rendait vulnérable, vous exposait à la souffrance. Et si, de la même façon qu'elle-même avait redouté de ne pas être aimée, Rafe avait craint, en l'aimant, de risquer d'être blessé à nouveau ?

Comme elle l'avait fait. Cruellement.

Des coups discrets furent frappés à la porte. Lise se retourna en essuyant ses larmes à la hâte.

C'était *Albert*. Pas Rafe.

Il entra dans la pièce et lui sourit avec bienveillance.

— J'ai des nouvelles concernant Lady Conrad.

— Oui ?

Sara ne répondant toujours pas à ses messages, Lise avait demandé à Albert de se renseigner.

— Les tabloïds anglais parlent de coup de foudre et de fiançailles. Je n'ai pas pu m'entretenir personnellement avec elle, mais je suis certain qu'elle vous contactera dès qu'elle le pourra. Elle craint probablement que vous soyez blessée... C'est si proche de...

Un soulagement immense envahit Lise, suivi aussitôt d'un mélange de confusion et de désarroi. Qu'avait dit Rafe quand elle lui avait reproché de ne pas lui avoir parlé de Sara ?

« Tu pleurais les tiens... »

Quelque chose se rompit en elle. Les fiançailles de Ferdinand avaient été arrangées, mais Lise avait toujours pensé que lui et

Sara s'aimaient à leur façon. Quoi d'autre s'était-elle plu à croire, sans aucun fondement ?

— Merci, Albert.

Il baissa les yeux sur l'alliance qu'elle serrait toujours entre ses doigts.

— J'avais entendu parler de ses secrets, mais je ne me serais pas permis de vous interroger. Vous permettez ? demanda-t-il en tendant la main.

Lise hésita. Elle ne savait pas encore quoi penser de l'inscription secrète. Mais Albert était comme un père pour elle, aussi posa-t-elle la bague dans sa paume. Il la fit tourner, examina les fleurs en émail, déchiffra le message. Un doux sourire se forma sur ses lèvres.

— Le joaillier du palais avait été chargé de l'examiner avant le mariage. Nous souhaitions nous assurer qu'elle était en bon état et convenait à une reine.

Les larmes coulèrent de nouveau sur les joues de Lise sans qu'elle tente de les retenir.

— Puis-je faire quelque chose pour vous, Lise ?

Il s'adressait à la femme, pas à la souveraine.

— J'ai commis une erreur en épousant Rafe.

Sa voix se brisa.

— Il voulait être roi. Il ne voulait pas de moi.

— Comment aurait-il pu ne pas vouloir de vous ?

— Je... Je ne sais pas.

Albert contempla l'alliance, remit les petits panneaux en place puis la lui rendit.

— Un homme qui donne ceci à une femme...

— Cette alliance avait appartenu à son arrière-grand-mère, l'interrompit-elle en secouant la tête.

— Il aurait pu faire faire une nouvelle alliance. Sans inscriptions, mais c'est celle-ci qu'il a choisie.

Doucement, Albert referma les doigts de Lise sur l'anneau d'or, enveloppant sa main dans la sienne.

— Vous devez croire que vous méritez ce message, Lise.

Elle s'y efforçait, mais il y avait tant de torts à réparer que cela lui paraissait insurmontable.

— Je n'ai pas été... gentille avec lui.

— C'est souvent le cas quand on a peur, dit Albert en lui lâchant la main. Savez-vous pourquoi j'ai choisi de rester au palais et d'être votre secrétaire particulier alors que j'aurais pu prendre ma retraite ?

— Parce que vous aimiez ce poste, je suppose.

Il soupira, secoua la tête.

— J'ai vu la façon dont votre famille vous traitait. C'était injuste. Je suis immensément fier de la jeune fille que vous étiez et de la femme que vous êtes devenue. Alors je suis resté pour vous. Vous avez beau être maintenant ma reine, Lise, vous avez *toujours* été la fille que je n'ai pas eue. Je suis resté parce que je vous aime et je resterai aussi longtemps que vous aurez besoin de moi.

— Albert...

Les larmes coulèrent de nouveau. Lise s'avança d'un pas et prit Albert dans ses bras. Il referma les siens sur elle.

Quand ils s'écartèrent l'un de l'autre, il sortit un mouchoir de sa poche et le lui tendit.

— Je crois que vous allez devoir rester à tout jamais ! s'exclama-t-elle avec un rire tremblant en prenant le grand mouchoir blanc.

— Ce serait pour moi un immense privilège. Maintenant allez rejoindre celui que votre cœur réclame. Vous le méritez, ajouta-t-il avec son doux sourire affectueux.

Sur ces mots, il s'inclina avec respect et quitta la pièce.

Lise remit son alliance et sécha ses larmes. Elle aimait Rafe. Elle *méritait* cet amour. Il avait dit un jour qu'elle pouvait écrire son propre conte de fées. Eh bien, elle le ferait. Leur histoire commençait maintenant.

Elle se battrait pour conquérir l'amour de son mari.

Allongé sur le lit, Rafe contemplait le plafond blanchi à la chaux. Il n'avait pas fui. Il avait eu besoin de se retrouver. Là, dans le chalet entouré de montagnes. Il s'autorisait deux jours. Pour marcher dans les hauts pâturages et se rappeler qui il était, parce qu'il s'était égaré et avait perdu Lise en chemin.

Il avait tellement honte. Elle avait dit vrai. Il avait voulu le pouvoir. Mais porter la couronne ne changeait pas qui il était. Un fils de paysans. Il avait eu honte de ses origines. Sinon, il n'aurait jamais atteint de tels sommets. Oubliant la vérité. Oubliant tout ce que ses parents lui avaient appris. La réalité du dur labeur et l'obligation de ne jamais se dérober à son devoir. Là, loin de la capitale, il se voyait tel qu'il était.

Le fils de paysan ambitieux qui convoitait la couronne. Oui, il était tout cela, et la couronne qu'il avait tant désirée s'avérait creuse. Il n'était pas fier de ce qui l'avait conduit là. Lise avait cru être une usurpatrice. Et pourtant c'était elle qui s'efforçait de vivre en accord avec elle-même, et assumait un rôle dont elle n'avait jamais voulu parce que cela faisait partie de son devoir envers le pays. L'imposteur, c'était lui. La couronne posée sur sa tête ne l'avait pas rendu meilleur que les autres. Ils continuaient à voir ce qu'ils voulaient voir. L'intrigant. Alors que ce vieux chalet, l'histoire de sa famille lui suffisaient. Lui avaient toujours suffi.

Il avait dissimulé quelque chose à Lise. Rien de bien important, mais elle avait demandé la franchise totale et il lui avait caché cette histoire de passeport, et ce faisant, il n'avait fait que renforcer son sentiment d'insécurité. Résultat, ils en étaient arrivés à un affrontement qui avait alimenté leurs craintes respectives. Et Rafe le regrettait profondément

La sonnerie de son smartphone le fit bondir. Il le prit et regarda l'écran, mais ce n'était pas Lise.

C'était le Premier ministre. Il serra les mâchoires et glissa le doigt sur l'écran.

— Que voulez-vous, Hasselbeck ?

— Elle a disparu, Majesté.

Un froid glacial envahit la pièce, lui transperça les os.

Il se força à respirer lentement.

— Comment avez-vous pu perdre la *reine*, bon sang ?

Une peur atroce s'insinua en lui.

— Avez-vous essayé son portable ?

— Il est éteint.

Lise ne voulait pas qu'on la retrouve. Il s'avança vers la fenêtre, contempla la route conduisant au village minuscule niché au fond de la vallée. Une voiture roulait sur la route, le soleil faisant miroiter le parebrise. Elle se dirigeait vers l'église. L'église où ses parents s'étaient mariés, où Carl était enterré, où ils avaient été baptisés. La vie continuait. Alors pourquoi ce sentiment que le temps s'était arrêté ?

Les angles du smartphone lui meurtrissaient la main. Il desserra les doigts.

— J'arrive.

Il jeta un coup d'œil à sa montre. Son pilote ne pourrait pas venir le chercher avant la fin de la journée. En voiture, il serait au palais dans une heure au mieux. La voiture qu'il avait observée ralentit à cause d'un troupeau de vaches qui occupait toute la chaussée, puis s'arrêta. Il se passa la main dans les cheveux. Si elles n'avaient pas envie de bouger, elles pourraient bloquer la route un moment, et il n'avait pas de 4x4 à sa disposition pour couper à travers les prairies.

— Vous ne ferez pas mieux que la Sécurité, qui n'a pas réussi à la localiser, répliqua Hasselbeck, la voix tendue.

Rafe le prit comme une critique, mais il l'avait méritée. Et puis, au diable son ego. Le plus important était de retrouver Lise saine et sauve. Dehors, la voiture avait réussi à se frayer un passage parmi les vaches bloquant toujours la route.

— Je serai au palais dans…

La voiture disparut dans un virage et réapparut. Des touristes, sans doute. Mais le véhicule quitta la route pour prendre celle conduisant au chalet.

— Elle vient ici, murmura-t-il.

À travers les arbres, il l'aperçut qui se rapprochait. Un espoir insensé naquit dans sa poitrine. La voiture s'arrêta devant le chalet. La portière s'ouvrit.

Lise. Sa chevelure dorée luisant dans la lumière douce. Elle leva les yeux vers lui et il la revit ce premier soir, quand debout au bas des marches et lui en haut, elle l'avait regardé en souriant. Son sourire l'avait transpercé jusqu'au cœur.

— Pardon ? fit la voix irritée de Hasselbeck.

— Sa Majesté vient d'arriver.

Un soupir de soulagement résonna à son oreille.

— J'envoie la Sécurité.

— Non. Nous n'avons besoin de personne, Hasselbeck. Elle est en sécurité avec moi. Je la ramènerai au palais quand elle sera prête à rentrer.

Sur ce, il raccrocha, balança l'appareil sur le canapé et descendit les marches de l'escalier quatre à quatre. Et si elle n'était jamais prête à rentrer au palais ? Eh bien, il l'emmènerait où elle voudrait.

Lise posa la main sur la poignée de la porte, elle n'était pas fermée à clé. Elle la poussa et franchit le seuil. Rafe se tenait dans l'entrée, les boucles brunes plus en désordre que jamais. La barbe de quelques jours renforçant encore sa sensualité virile. En jean taille basse et T-shirt moulant, les pieds nus, il dominait l'espace et la fixait de ses yeux sombres.

— Lise, murmura-t-il.

— La ligne était occupée, dit-elle en s'avançant d'un pas pour refermer la porte derrière elle. Ils se sont aperçus de mon absence ?

— Le Premier ministre a vieilli de cent ans à cause de toi.

— Voilà ce que c'est, de servir une reine...

— Ils devraient remercier le ciel de te servir.

Alors qu'elle brûlait de se précipiter dans ses bras, de le supplier de l'aimer, Lise ne bougea pas, lui non plus. Il la regardait, les bras le long du corps, les poings serrés.

— Comment as-tu fait pour trouver une voiture ?

— Je me suis faufilée en douce dans les garages du palais et j'en ai pris une.

Il écarquilla les yeux, puis un petit sourire s'esquissa au coin de ses lèvres.

— J'ignorais que se faufiler en douce faisait partie des qualités d'une reine.

— Tu serais surpris de savoir ce qu'une reine est capable de faire si elle le décide.

— Je n'ai jamais douté de tes capacités.

Rafe avait toujours eu foi en elle, même quand elle-même ne croyait pas en elle. Lise baissa les yeux et regarda ses chaussures.

— Je voulais te voir. J'ai des choses à te dire.

Quand elle redressa la tête, il fit un pas vers elle.

— Et des excuses à te présenter.

— Non, répliqua-t-il en secouant la tête. Il y a tant de choses que j'aurais dû te dire… Mais je ne voulais pas raviver ton chagrin. J'ai eu tort. Ce n'était pas à moi d'en juger, d'autant plus que tu avais demandé que nous n'ayons plus de secrets l'un pour l'autre. J'aurais dû me souvenir que tu étais plus forte que les autres le pensaient. Que *tu* le pensais.

— Tu voulais la couronne, dit-elle avec un haussement d'épaules. Je ne suis pas naïve au point d'ignorer son attrait.

— Oui, je le reconnais et j'en ai honte. Je voulais avoir le pouvoir sur tous ceux qui me croyaient au-dessous d'eux, persuadé que cela me rendrait meilleur. Je me trompais.

— Si tu as honte, moi aussi. Je t'ai fait du mal. Je ne vaux pas mieux que ces fils d'aristocrates qui t'ont méprisé, qui ont persécuté Carl. Et j'en suis désolée. Je t'ai dit des choses très cruelles.

— Cruelles mais vraies.

Elle le regarda. Il était si fort, si fier. À juste titre. Il avait accompli tant de choses.

— Je suis un fils de paysans, Lise, poursuivit-il en soutenant son regard. Un homme, pas un roi. Je croyais être digne de toi, mais en réalité je n'étais qu'un lâche. J'ai eu peur de te donner le pouvoir de me blesser comme personne, parce que toi seule détiens ce pouvoir.

Lise franchit le peu de distance qui les séparait encore et sentit la chaleur de Rafe s'insinuer en elle. Les effluves bien-aimés, aussi frais et parfumés que l'air de la montagne lui rappelant sa liberté d'autrefois.

— Comme toi tu détiens le pouvoir de me blesser. Parce que l'amour, quand il est combiné à la peur, a autant le pouvoir de blesser que de guérir. Tu as dit que je pouvais écrire mon conte de fées. Je veux le faire. Je le mérite. Je mérite d'être aimée par l'homme que j'ai épousé. Tu mérites toi aussi de l'être.

Les lèvres de Rafe s'entrouvrirent, se refermèrent.

— Je protège mon cœur depuis longtemps, commença-t-il d'une voix rauque. Et tu étais prête à renoncer à ton droit légitime à la couronne pour éviter de m'épouser.

— Je ne désirais qu'une chose, répliqua Lise. Avoir le choix.

Il baissa les yeux sur l'alliance qu'elle portait au doigt, puis inclina la tête de côté et haussa un sourcil.

— Je le désirais aussi. Je l'ai dit à ton père. Je voulais m'offrir à toi, librement.

L'amour inonda Lise comme un rayon de soleil. Elle avait l'impression de se tenir au sommet d'une montagne et de contempler la pente enneigée qui descendait devant elle. Son cœur palpitait comme au moment où elle allait s'élancer et voler, sûre de la victoire.

— J'ai passé toute ma vie à croire que personne ne m'aimait vraiment, et pourtant je suis là devant toi, et je m'offre à toi. Moi, Lise Betencourt, la femme et la reine.

Rafe ferma les yeux et baissa la tête. Quand il la redressa, Lise fut transpercée jusqu'au cœur par l'éclat de son regard.

— Durant ces moments que nous avons passés ensemble, lorsque tu me confiais tes espoirs et tes rêves d'avenir, j'ai vu la femme incroyable que tu *es*. Maintenant, tout ce que je demande c'est d'avoir une chance de te prouver que je suis digne de toi.

Au même instant, elle le vit dans son regard. Le désir brut. Ainsi qu'une douceur qui lui était réservée, à elle et rien qu'à elle. Comme si elle se trouvait face à un miroir, parce que ce

qu'elle voyait dans les yeux de Rafe, sur ses traits, reflétait ce qu'elle ressentait. Le désir qui ne serait jamais assouvi.

— Tu as toujours été digne de moi, Rafe.

Ces mots lui firent l'effet d'un baume. Quel idiot il avait été de croire que l'amour n'était pas pour lui. Il aimait déjà Lise avant de comprendre ce qu'elle représentait pour lui. Il l'avait blessée alors que trois mots auraient effacé ses craintes et ses doutes. « Je t'aime. » Il avait eu peur de lui exprimer ses propres sentiments parce que lui-même refusait de les reconnaître, de crainte qu'elle le repousse. Mais en se protégeant, il n'avait fait que la blesser encore davantage.

— J'accepte ton amour avec reconnaissance et je mesure combien il est précieux. Et je m'efforcerai de te le rendre au centuple. J'ai été lamentable. Au lieu de te protéger, je t'ai fait beaucoup de mal.

— Nous sommes doués tous les deux pour nous faire du mal. Crois-tu que nous serons aussi doués pour nous aimer ?

— Je n'accepte pas facilement l'échec, Lise. Je fais tout mon possible pour l'éviter. Et, en ce qui nous concerne, je n'échouerai pas parce que t'aimer est facile.

— Nos débuts auront été mouvementés, mais j'ai beau être reine, je n'en reste pas moins une romantique qui croit aux fins heureuses.

Rafe éclata de rire.

— Je veux te serrer dans mes bras, maintenant, pour être sûr que c'est bien réel.

Ils tombèrent dans les bras l'un de l'autre. Lise se blottit contre lui. Elle était à lui. Elle était son chez-lui.

— Nos fiançailles ont manqué de romantisme, murmura Rafe. J'avais prévu mieux.

— Tu avais prévu quelque chose ? demanda-t-elle en s'écartant légèrement de lui. Si j'étais une femme ordinaire, que m'aurais-tu proposé ?

Il effleura ses cheveux du bout des lèvres, savoura le parfum de fleurs sauvages, évocatrices de printemps. De renaissance et de renouveau.

— La même chose que si tu étais princesse ou reine. Parce que tu es d'abord et avant tout une femme. Je t'aurais amenée ici. Dans les montagnes. Dans ma vraie maison.

— Mon père ne l'aurait jamais permis...

— Je t'aurais enlevée dans les jardins du palais et emmenée à bord de mon hélicoptère, lui chuchota-t-il à l'oreille.

— J'aurais adoré...

— Alors, je m'agenouille devant toi.

Joignant le geste à la parole, il prit ses mains entre les siennes.

— Tu es mon cœur, mon âme...

Il s'interrompit, ébloui par le sourire de Lise.

— Mon commencement, ma fin, enchaîna-t-elle.

— Tu sais, murmura-t-il en embrassant l'alliance. La pensée et la rose. Ces fleurs signifient « l'amour vrai ». L'amour au premier regard et la passion. J'ai été si stupide de ne pas m'en rendre compte lorsque je t'ai épousée.

— Je n'ai découvert le secret de mon alliance qu'aujourd'hui. Et j'ai commencé à espérer. À trouver le courage de me battre pour mes désirs.

Les larmes brillèrent dans les yeux de Lise, puis coulèrent sur ses joues. Mais cette fois, c'étaient des larmes de joie.

— Qu'aurais-tu dit, ensuite ? demanda-t-elle.

— Acceptes-tu d'épouser un humble fils de paysans ?

Elle sourit à travers ses larmes.

— Oui. Je serais fière de l'épouser. En fait, si je n'étais pas déjà mariée avec lui, je l'épouserais tout de suite.

— Nous pourrions peut-être nous remarier, dans la petite église de la vallée ? Juste toi et moi.

— Là où tes parents se sont mariés ?

— Oui. Et où Carl est enterré.

— J'adorerais ça, murmura-t-elle tandis qu'il se redressait et la reprenait dans ses bras. Et maintenant ?

— Nous allons être heureux jusqu'à la fin du monde.

— C'est aussi simple que cela ? demanda-t-elle avec un grand sourire lumineux.

— C'est toujours comme cela que se termine une histoire d'amour, répondit Rafe en lui rendant son sourire.

Elle soupira.

— Nous allons devoir songer à produire un héritier, je présume...

— Ou une héritière. Mais, dis voir, je croyais que tu voulais que la monarchie disparaisse avec toi...

— J'ai découvert qu'elle permettait de faire beaucoup de bien. Qu'ensemble, nous détenions ce pouvoir. Et puis, je ne tiens pas vraiment à rompre avec des siècles d'histoire au motif que je crains d'échouer. Avec toi à mes côtés, je me sens capable de tout.

— Tu ne subiras plus *jamais* aucune pression. Personne ne t'obligera plus jamais à faire quoi que ce soit, déclara-t-il fermement. Y compris en ce qui concerne la question des enfants. Nous avons d'abord une Constitution à modifier, alors nous avons le temps d'y songer. J'ai des choses plus importantes en tête.

— Plus importantes que le pays et la Couronne ?

— Oui.

Il pencha la tête, jusqu'à ce que ses lèvres soient à quelques millimètres des siennes.

— Embrasser ma femme et l'aimer. Il n'y a rien de plus important au monde.

Épilogue

Deux ans plus tard

Assise dans la semi-pénombre, Lise contempla le visage endormi de la petite princesse de Lauritania, âgée de trois mois. Elle portait le prénom de sa lointaine aïeule, Marie, et était arrivée un mois plus tôt que prévu, minuscule mais parfaite. Lise berça tendrement sa fille dans ses bras. L'amour déborda de son cœur. L'amour qu'elle et Rafe partageaient lui avait paru indépassable. Leur bébé lui avait prouvé le contraire.

Lors de la petite cérémonie intime qui avait eu lieu dans l'église du village – avec juste eux deux et le prêtre –, ils s'étaient promis en silence de ne pas faire d'enfant avant que la Constitution soit modifiée. Rafe n'avait jamais remis cette décision en question, jusqu'à ce que Lise le fasse. Leur amour l'avait rendue forte. Elle avait maintenant confiance en elle et, avec Rafe à ses côtés, elle se sentait invincible. Rien ne lui paraissait impossible. Il croyait en elle et elle croyait en elle-même. Marie en était la preuve. Ils l'avaient désirée et ils l'adoraient.

Comme par magie, Rafe entra dans la chambre, outrageusement beau et encore en costume en dépit de l'heure tardive. Il faisait campagne jusqu'au dernier instant pour le vote le plus important de leur vie. Il s'arrêta et les regarda, un sourire empli de tendresse aux lèvres.

— Quel merveilleux tableau. Mes deux bien-aimées.

Se rapprochant de Lise, il lui caressa les cheveux. Elle pencha la tête en arrière. Il s'approcha et effleura ses lèvres avec les siennes, puis déposa un doux baiser sur le front de Marie. La petite fille remua, inspira, puis soupira avant de se blottir à nouveau contre Lise.

— Toujours pas de nouvelles ? chuchota-t-elle.

— Pas encore, répondit son mari en secouant la tête.

— Si nous échouons, nous continuerons jusqu'à ce que nous ayons réussi.

Les débats duraient plus longtemps que prévu, mais Lise ne renoncerait jamais. Marie était la princesse héritière de Lauritania et elle ne serait pas obligée de se marier pour accéder au trône. Lise avait prononcé un discours ferme et engagé en faveur de la modification de la Constitution. La campagne menée par Rafe avait été tout aussi vigoureuse, il y avait mis tout son cœur.

— Le peuple t'adore. Il adore notre fille, murmura-t-il. Quand avons-nous jamais échoué ?

Il avait raison. Ils avaient accumulé les succès. À commencer par le redressement de l'économie. Depuis le départ de Hasselbeck, qui avait perdu le soutien du Parlement, ils avaient un nouveau Premier ministre qui travaillait avec sa reine et non plus contre elle. Les Lauritaniens adhéraient avec enthousiasme à la grande entreprise de renouveau menée par leurs souverains. La joie et l'espoir étaient revenus. Mais Lise et son mari n'avaient pas terminé leur travail.

— Je veux que notre fille ait le choix.

— Et elle l'aura parce qu'elle nous a. Ce n'est pas l'heure de la coucher ?

— Si, soupira Lise en contemplant le petit visage paisible de Marie. Mais j'ai toujours du mal à me séparer d'elle.

— Je sais.

Rafe tendit les mains, haussa un sourcil. Lise sourit et lui confia le bébé endormi. Il le prit délicatement dans ses bras tandis que Lise se levait et s'étirait voluptueusement, sous le regard brûlant de son mari. Il l'avait soutenue durant toute sa grossesse. Il avait tout supporté : les nausées matinales, les brusques sautes d'humeur dues aux bouleversements hormonaux, les crises de larmes, notamment après son accouchement précipité. Sans jamais cesser de vénérer son corps.

— Tu es aussi belle que ta maman, chuchota-t-il dans les boucles brunes de leur fille.

— Elle ressemble plutôt à son papa.

Il sourit, de ce sourire qui rayonnait dans tout le corps de Lise, puis coucha doucement Marie dans son couffin. Et quand il se redressa et lui tendit les bras, Lise s'y jeta et renversa la tête en arrière pour lui offrir ses lèvres.

On frappa à la porte. Son cœur fit un bond, avant de se mettre à battre à toute allure. Rafe interrompit le baiser et appuya le front contre le sien.

— Tout se passera bien. Comment pourrait-il en être autrement puisque nous nous aimons ?

Lise lui caressa les lèvres du bout du pouce.

— Entrez, dit-elle en se tournant vers la porte.

Albert apparut sur le seuil. Elle déglutit.

— La décision a été prise à l'unanimité, annonça-t-il avec un grand sourire. Félicitations à vos deux Majestés, et à notre Petite Altesse – la Constitution est modifiée !

Rafe remercia Albert qui se retira aussitôt, tandis que Lise fermait les yeux et serrait les paupières pour retenir ses larmes. Quand elle rouvrit les yeux, des fusées lumineuses zébraient le ciel et explosaient en bouquets multicolores. Toute la ville était en liesse. Main dans la main, ils s'avancèrent vers la fenêtre et l'ouvrirent toute grande pour mieux entendre les cris de joie qui montaient de toutes parts.

— Je ne m'attendais pas à ce qu'ils soient aussi heureux, dit Lise en essuyant ses larmes.

— Ils le sont parce qu'ils t'aiment. Mais ils ne t'aimeront jamais autant que moi, dit-il, la voix rauque. À propos, j'ai un cadeau pour toi.

Il enfonça la main dans sa poche et en sortit une bague.

— Qu'est-ce que c'est ? chuchota-t-elle en contemplant le diamant jaune vif taille ovale qui scintillait doucement dans la semi-pénombre qui régnait dans la pièce.

— Tu avais dit que tu ne voulais rien pour nos fiançailles, mais ceci est différent. C'est une bague d'éternité.

Délicatement, il la lui passa au doigt, puis prit ses mains dans les siennes.

— Tu es le soleil de ma vie. J'espère que cette bague te rappellera que je t'aime chaque jour davantage. Que tu as été destinée à être mienne pour toujours dès l'instant où je t'ai aperçue.

Lise regarda l'homme merveilleux qu'elle adorait au-delà de la raison.

— Je n'ai jamais eu besoin d'un aide-mémoire, parce que je le sais et que j'en ai la certitude ici, dit-elle en posant la main au milieu de sa poitrine. Je garde ton amour dans mon cœur, je l'ai toujours avec moi. Personne ne pourra jamais me le prendre.

Les feux d'artifice illuminaient le ciel, les cris de joie résonnaient dans la nuit. Elle leva les bras et les referma autour du cou de son mari.

— Et je suis toujours aussi heureuse à la perspective de passer toute ma vie avec toi, chuchota-t-elle. Car moi aussi je t'aime chaque jour davantage, tu sais ?

Il sourit, des reflets mordorés éclairant les magnifiques yeux sombres. Puis il pencha la tête et murmura contre ses lèvres :

— Oui, je sais, et maintenant je vais te donner un avant-goût d'éternité, mon amour.

Vous avez aimé ce roman ?
Découvrez la suite de votre série dès le mois prochain
dans votre collection Azur !